追光女孩，与光同行

A GIRL FOLLOWS THE LIGHT

琦惠 著

长江出版社
CHANGJIANGPRESS

图书在版编目（CIP）数据

追光女孩，与光同行 / 琦惠著.
—武汉：长江出版社，2021.3
ISBN 978-7-5492-7611-0
Ⅰ.①追… Ⅱ.①琦… Ⅲ.①散文集—中国—当代
Ⅳ.①I267
中国版本图书馆CIP数据核字(2021)第048016号

追光女孩，与光同行

Zhui Guang Nühai,Yu Guang Tongxing **琦　惠◎著**

出　　版　长江出义社
（武汉市解放大道1863号）
选题策划　彭　彭
市场发行　长江出版社发行部
网　　址　http://www.cjpress.com.cn
责任编辑　罗紫晨
封面设计　胡静梅
装帧设计　刘　静
绘　　图　Dear寻
印　　刷　天津中印联印务有限公司
版　　次　2021年3月第1版
印　　次　2021年3月第1次印刷
开　　本　880mm×1230mm　1/32
印　　张　6.5
字　　数　170千字
书　　号　ISBN 978-7-5492-7611-0
定　　价　39.90元

目录

每个人都需要偶像，就像每个人都需要光

文◎慕　罹（小MM签约作者，在世界流浪的少女，目前就职于一家艺人工作室，担任明星经纪的工作）

偶像总是魅力无边，成为追随者普通生活中的光源。

组里的女演员就拥有这样一束光，我暂且叫她小风吧！她拜托我带她进某卫视跨年晚会后台的时候，我朝她翻了一个白眼。因为关系熟稔，她像个撒娇的妹妹，凑上来嗫嚅着跟我说那里面有她的光，她想看一眼，躲在角落里偷偷看就行。

我第一次意识到她有这样的一面。她是一位新人演员，我们之前合作过一部网络电影，她是女主角。她是名校科班出身，演起戏来敬业又走心，平常随和极了，同许多乍一看礼貌谦虚实际上目中无人的新人挺不一样。新人演员的通告没人会多花心思关照，五六点起来化个妆，中午才能拍上，不然就是两场戏之间隔了十几个小时要在现场干等，这些情况都挺平常。但她总是很有活力，没事儿会躲在离现场远点儿的地方给工作人员唱歌，有人捧场说唱得好听，她就笑嘻嘻地回："毕竟练过。"她说她每次进组有两样东西是必带品——体重秤和一把尤克里里。尤克里里体积小，每天都躺在演员车里，时常被她拽出来当表演道具，全组都喜欢她，总被她的歌声哄得开怀。我那时只以为她爱好唱歌，直到在某电视台门口，她拦下我用几句话概括她的追星故事。

"姐，不知道你有没有这种时候？就是一听他的歌就浑身充满力量，像那种撒气的气球很快就能充满。有时候在现场不方便点开，光是静音看他唱歌的视频也会开心，就是一看到这个人就会开心的那种感觉。"这个我倒是挺有共鸣，不然也不会毅然决然地离开舒适圈投身于娱乐行业。

小风在片场总是活力四射，有时候取景偏远，拍摄疲乏，临近

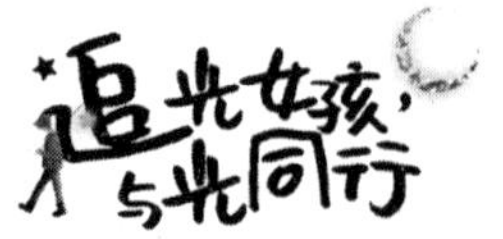

收工时大家都累得不想说话，她就成为撑起气氛的控场王，即便只睡三四个小时，第二天举着黑咖依旧神采飞扬。导演说她是少年意气，天真烂漫，但其实她这样出身于普通家庭、毫无背景的孩子能走到现在必然是吃了些苦，可贵的是吃过苦，还能保持这份心思。

事后回想起来她午休时耳机里的、平时现场给大家唱的，除了一些网络热歌的副歌，倒都是那位歌手的作品。短暂的一生里，能找到快速充气的方法实在是件幸福的事。我难得破例，给她挂了个工作牌，带她走了进去。卫视跨年晚会的后台热闹极了，她的偶像有几首传唱度很高的歌，但终究在漫长时间里被人遗忘，如今只能充作副咖。没人热络地簇拥着，但好歹资历在那，许多人客套地同他打招呼。小风一直没有走过去。她像承诺的一样，在角落帮我背相机包，眼神没法自控地跟着某个身影移来移去。我只是来拍几张艺人采访的工作照，早早就要离开。她跟着我往外走时，看起来没有不舍，反而精神饱满，蓬勃极了。

“姐，我要好好演戏，等以后拿了奖，我就在领奖台上叫他的名字，让所有人都听到，然后谢谢他这些年陪我走下来。”

“姐，你知道吗？我最近不是有部剧播了吗？微博上涨了好多粉丝，看他们的留言和私信感觉好幸福啊！有一种选了这条路不虚此行的感觉。真希望以后我在领奖台上叫他名字的时候，他也能觉得有我这个小粉丝很骄傲，也能觉得此行无憾。”说着说着，她大概也觉得自己说得离谱，挠挠头嘿嘿笑了。不浮躁，有能量，这样的她距离这些话虽然远，但是或许可以到达。

在成为演员这条艰苦的路上，在面试无数个剧组，却也失败过无数次的过程中，能有这样一束光始终指引她勇往直前，本就是偶像的力量啊！我想，每个人都需要偶像，就像每个人都需要光。

粉丝篇

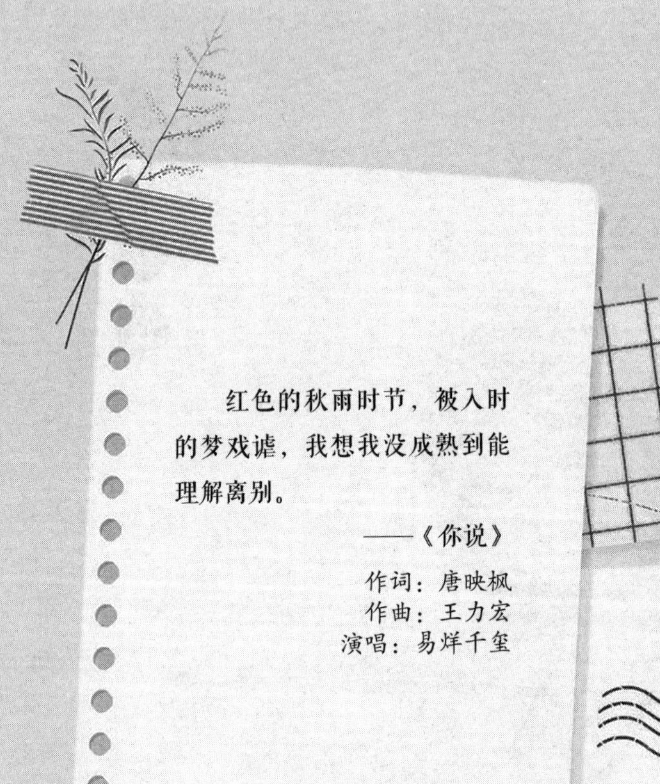

红色的秋雨时节，被入时的梦戏谑，我想我没成熟到能理解离别。

——《你说》

作词：唐映枫
作曲：王力宏
演唱：易烊千玺

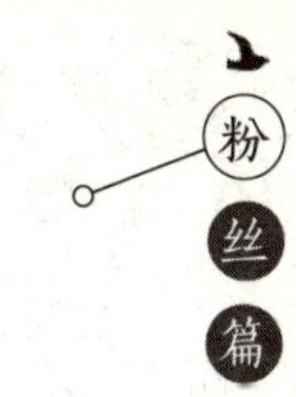

易烊千玺

——逐光而行，因光有光

如果，你问岑甄：对于高中生活，有着怎样的记忆？那大概就是这样——季节的风总是会在考试结束后，毫无疑问地掠过她身侧的树顶，将倾盆大雨带到她的世界。可偏偏她非常有个性，早就知道会有此事发生，也不肯事先准备雨具，成为学习大军中的一员。

她是一个特立独行的人，又或者说，岑甄曾经是个叛逆的女孩。自从父母因为她的数学成绩差，担心她无法考入文科类大学便强行将岑甄转到美术班之后，她每天做得最多的一件事就是睡觉。

岑甄说："要不是那天，教室外面的蝉鸣声太吵，我大概就不会偷偷地戴上耳机趴在桌上听音乐，也就不会听到那首《样YOUNG》。"

岑甄将与初听这首TFBOYS的老歌的场景定义为"缘分"，那时候，三个少年的声音还稍显稚嫩，却那么青春洋溢。而她，竟然因为在这首合唱里，捕捉到易烊千玺极具辨识度的声线，然后去进一步了解这首歌的演唱者，从而喜欢上了易烊千玺，成为一名"千纸鹤"（易烊千玺的粉丝）。岑甄说："多神奇啊！一首三个人唱的歌，我却只喜欢上了一个人。"

那时候的她，对三个男生不怎么了解，但她惊讶的是，明明他们和她差不多年龄，TFBOYS在努力地追梦，努力像歌曲里唱的那样——“用这灿烂时光，绽放不一样的光”，而她自己却在虚度光阴。

她反反复复地播放这首歌，试图寻找到答案。慢慢地，她又开始好奇，这首歌里所谓的“蜿蜒的，沿途一路曲折”，对TFBOYS来说到底是一条怎样的披荆斩棘之路，进而开始翻阅同桌的杂志。

想想以往，岑甄像大多数人一样，对TFBOYS的强势走红嗤之以鼻，只要瞧见他们的相关报道便会自动跳过，甚至还有点讨厌总是上热门的他们。可没想到，那天，一首歌指引她关注了这个团体，她甚至问同桌借来一本杂志翻开，因为上面有易烊千玺的专访。就是那个专访，彻底改变了岑甄的态度，也让她被易烊千玺吸引。

“我至今都记得当时杂志上说，易烊千玺加入TFBOYS之后，遭受了很多非议。黑粉们见他不爱笑，就评价千玺故作高冷，不好相处；甚至有黑粉扬言邮寄假肢恐吓他。不得不心疼这个小小年纪就要承受这些的孩子，可是，千玺没给粉丝心疼他的机会，更不会给那些黑他的人机会，因为他从来不曾畏惧他人送来的‘砒霜’，一路咬着牙踩着那些黑粉的谣言向上攀爬，而今终于登上了顶峰。”岑甄一脸骄傲地说。

在谈起千玺时，她的眼睛里总带有一种光。她忍不住感叹：“我的千玺总是说——I don't care，黑粉开心便好。”

她承认千玺很酷，他的那种“酷”和自己长久以来坚持的“酷”，一点儿也不一样。

怎么说呢？

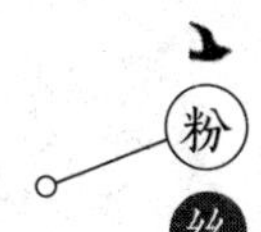

用岑甄自己的话来概括，那就是——在未“饭”（喜欢）上千玺之前，她的酷表现为自暴自弃地与青春期对抗，对抗各种不满。看起来，她很勇敢，敢于反对父母的安排，挑战老师的权威。实则，她才是真正的逃兵。面对新的挑战，她只想两手一摊不作为。可千玺就是一面镜子，用他的故事，一点一点地折射出了她的缺点。

作为千玺的粉丝，我太差劲了吧！

“你知道吗？千玺从五岁起就在各大卫视跑龙套，他还拍过好丽友的广告，演过电视剧《铁梨花》，他的人生最初也是被母亲‘安排’着尝试各种可能。但是，他从未抵触。毕竟，路，终归是要多走几条，才能知道哪一条更适合自己。千玺深谙其中的道理，于是，他毫无怨言地去拓展人生的宽度，寻找更多元化的自己。”只要说起自己的偶像，岑甄一定会口若悬河。

关于千玺，她并没有夸大其词地去标榜他。她说得没错，千玺就是一个不服输的人。这一路，有人诽谤他、咒他，看不起他；世间骗他、笑他，考验他，他都是不畏流言，坚持自我。

他从来没投降，也从未喊过苦、说过累。千玺就像“喜剧之王”周星驰那样，曾经也是“跑场王”，做着小小的配角，但一直潜心学习，等待厚积薄发的机会。

每天清晨的朝阳，以及深夜公交车上的疲惫身影，都是他梦想的见证。

他身上的那股韧劲，深深吸引着岑甄，潜移默化地塑造了她。

“一首歌，为我的青春带来了一个偶像。一个偶像，改变了我的青春。”岑甄略带感性地说，“我之所以能考上大学，也有千玺

的一部分‘功劳’。”

自从高三上学期，她巧合地喜欢上千玺以后，变了很多。她学会反思自己的那份“酷”，知道了真正厉害的人其实是能跟生活硬碰硬的。

想得通透了，她就开始付诸行动——减少上课睡觉的次数，有时候，会让人昏昏欲睡的数学课上，还会特意站着听讲；她学会了专心致志地画画，老师对岑甄的作品皱眉，她就不服输地一遍一遍地练习；下雪的时候，别的同学都为了逃避洗调色盘而翘课，岑甄却成为班里最守时的学生。

她变了，变得像千玺一样，乐于跟梦想叫板，跟自己对着干。

回想起那段奋斗的日子，岑甄笑了，她说：“说来也奇怪，不知道为什么，我就是觉得自己要是再像从前那般不学无术，好像就不配喜欢千玺。”

天地浩大，并肩而行。

最初，岑甄是以仰视的姿态去喜欢千玺，把他视为“男神”。随着时间的推移，渐渐地，千玺已经变成了她的朋友，一个会同岑甄一起坦荡成长的朋友。岑甄常常在想：如果见到他的话，应该是怎样的场景，又应该有何种表现。

这一想，就是四年有余。

在TFBOYS四周年演唱会上，已经是大学生的岑甄，见到了即将成年的易烊千玺。她远远地望着他，鼻子发酸。

“不止一次，千玺都扶着自己的腰，显然是受了伤。为了来到这个大得了不得的地方开演唱会，他持之以恒地练舞，付出了很多，因为练习受伤，对他这个舞者来说是家常便饭。”岑甄太心疼自己心里的这个男孩，然而，作为粉丝，她能为千玺做的真的是少之又少。努力让自己像他一样优秀，就是最好的支持吧！

她从不盲目，不会为了喜欢千玺而放弃正常的学习和生活。

“千玺从不只会赐予粉丝梦幻，喜欢易烊千玺最大的好处就是——他能让你一直有方向感，只沉迷于‘做自己’，不沉沦于‘寻找他’，不沉醉于‘只追星’。”

作为笔者，我被这句话戳到了，直到很久以后，我还在品味她的这句话，不得不感慨，偶像和粉丝一样清醒，真好。

后来，在喜欢千玺的时光里，岑甄已经不再像从前那样叛逆，她也让骨子里的那份野沾染上了“理想主义”。

跟着千玺的步伐，她在完成学业的前提下，努力地学跳舞、学葫芦丝、学吉他、学书法。有一次，只因千玺在节目中说“我想对太阳说，她很暖和；我想对月亮说，他有点冷”，岑甄便冒出了进修双学位的念头。

倒也很好。

岑甄本就想成为一名优秀的节目编导，在“诗意千玺”的引领下，她似乎又拥有了逐梦的勇气。当然，这两年，千玺也一直在踏水破冰，砥砺前行。2020年，是千玺初入影坛之年，却也是他收获颇丰的一年。

凭借《少年的你》这部电影，千玺得到了业内专业人士的认可，拿下了无数的奖。每一次，岑甄隔着屏幕，看着西装革履的千玺登台领奖时，都会忍不住地欢呼、尖叫。

唯有一次，岑甄哭了。

那天，千玺参加金鸡奖提名者表彰会。岑甄本是像往常一样为他开心，为他雀跃。可就在她激动地想转发微博时，岑甄忽然看到有一位“千纸鹤”这么说道：“谁在复杂的俗世里遇见了一位真诚透彻的少年，会不想抱抱他呢？就像在废墟里开出了一朵蔷薇，就像在沉闷破旧的大衣口袋里摸出了一块水果糖。”

同是喜欢千玺的女孩，一语说出了岑甄的心声。刹那间，她的眼泪夺眶而出。

她是真的想抱一抱千玺，告诉他：谢谢你，一直在追梦的路上，兴致盎然地走下去。因为你，我也变成了倔强的模样，变成了自己喜欢的模样。我怎么会变这样？还不是因为你。纵然我根本抱不到你，你依然是我迷茫、沮丧时，感到万念俱灰时的光芒。

逐光而行，一路有光。

偶尔因偶像距离自己太遥远而略感沮丧之后，岑甄再次跑了起来。她参加了研究生考试，不出意外的话，来年，岑甄就会去到新的学校。她说自己已经没有那么讨厌画画了，不过，既然有机会，还是想去学编导。

“万一呢，万一哪天自己能策划一类节目，邀请到千玺呢？”岑甄托着腮，傻傻地笑。即便没有这个可能性，她说也不会感到郁闷。

不过分地强求结果，是千玺教会岑甄的另一件事。

“千玺真的是一个清心寡欲的人呢！他没事的时候，还会自导自演，自娱自乐。”她摆弄着桌上的纸片，哈哈大笑。

可以想象，千玺自己在家时，估计也是这么傻乐。他喜欢用桌上的纸，叠成各种各样的“角色”，逗自己开心。他会让这些人物对打，这边是部落首领，他放了一个大招，便斩获了一只小青蛙。那边是神兽，它有爪子和翅膀，负责维护世界和平。他们在千玺的掌心，犹如被施了魔法，开始拥有生命力和灵力。他呢，则是通过他们重回永无岛，做回了孩子。

千玺心中的小男孩非常可爱，不经意间，让岑甄也变成一个小

女孩。他们同仇敌忾，一起对抗流年里的阴霾；他们自在如风，一起享受生活中点滴的快乐。

从某种维度来说，岑甄和千玺一直都是并肩而行的。

“考完试之后，我刚好去看了千玺的新电影《送你一朵小红花》。为了拍这部电影，千玺要求前辈演员高亚麟老师真的扇他耳光，还要求实一点，再实一点。”做什么都很专业的千玺啊，他得到的所有荣誉，都是因为他值得。

其实，岑甄也一样，一旦开始要做正事，就一定会严肃认真。比如说，自从受邀回母校为学弟学妹做公开演讲后，她已经写了五稿发言词了。她力求做到精益求精，美其名曰：作为“千纸鹤”，我要顾及形象。

但每一稿，她都说到了自己与千玺之间的故事。每次提笔的时候，她也一定会戴上耳机，听千玺唱的那首歌《你说》。

“你说，又响起这首音乐。像温火里的诗写，站台前困倦堆叠，理想的夜与湿泞青春道别。”悠扬的歌声中，岑甄总会情不自禁地想起千玺的那张脸。

她觉得是他带领自己与湿泞的青春告别，是他让自己的生活中多了一盏灯。

岑甄语重心长地说：“喜欢一个偶像，是一件很美好的事。前提是，他值得你喜欢，且你在喜欢他的过程中，从不会疯狂和盲从。那么，你就会享受这个过程，会与他一样，变成最亮的一颗星。”

斯为泰山而不骄，我们都是泰山。

回首已过千山万水，终于，岑甄和千玺都长大了，变成了他们期许的模样。

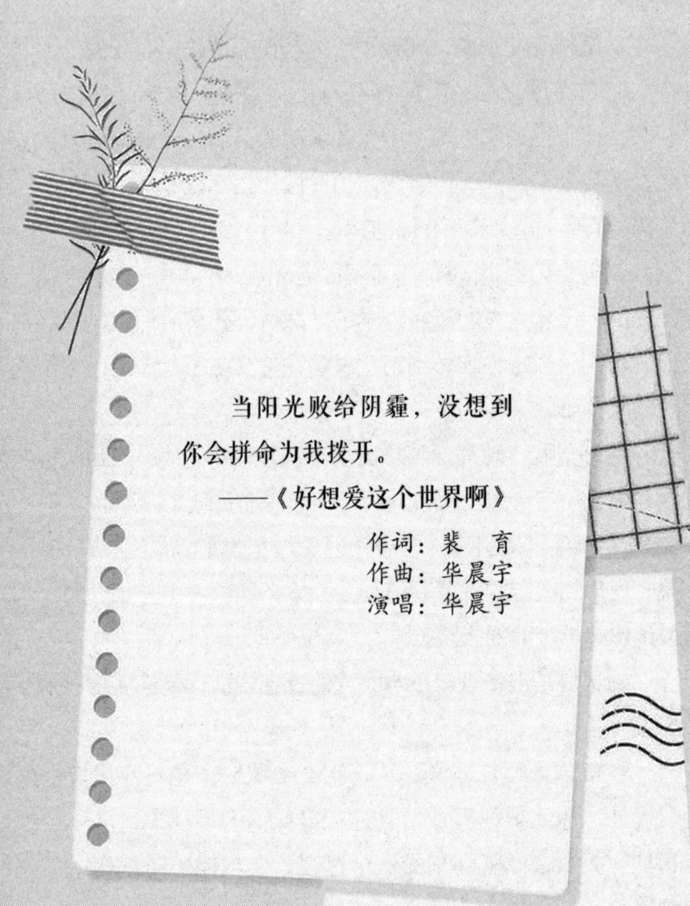

当阳光败给阴霾，没想到你会拼命为我拨开。

——《好想爱这个世界啊》

作词：裴　育
作曲：华晨宇
演唱：华晨宇

“人人羡慕学霸，但学霸不一定快乐。”姜蓓蓓这样跟我说。

姜蓓蓓曾是某重点高中的学霸，无论是周考、月考、期中考，还是期末考，每一次考试都稳坐第一，从未给对手赶超自己的机会。即便有一次，姜蓓蓓故意少做了一道大题，她还是由于作文写得出彩，再一次拔得头筹。

华山论剑，独孤求败。

至今，姜蓓蓓的传奇成绩还会被母校的老师津津乐道。可对于当事人来说，若不是要讲述自己与偶像华晨宇的故事，刚好高中时期又是他们“相识”的背景，姜蓓蓓还真的想过对这段经历保持长久的缄默。

偶像，是她在过往时光里的一道光。纵然当时的日子再难熬，她最终还是选择朝着这道光跑过去，重新打开了记忆的匣子。

“我记得最初从电视上看到华晨宇时，是平凡得不能再平凡的时刻——在学校食堂吃饭。我独自坐着，位置离电视机最近，然后突然被很多女生的尖叫声吓了一跳。她们指着电视里正在播放的MV里那个穿着白衬衣，扎着红色领结，戴着黑框无镜片眼镜，有点傻傻的男生大喊——花花。老实说，那时候我不认识花花，以为女生们看到了哪位帅气的男同学。”

那时的姜蓓蓓不仅没有朋友，也从不追星，对于女生圈那些追星话题根本无法融入。她把自己框在自己的小世界里，这个世界里，只有学习。但她从未觉得这样有什么不对，有些生活一旦成了习惯，好像就已变得麻木。

但那天，看到那些女生夸张疯狂的模样，姜蓓蓓原本和往常一样毫不关心地准备离开，却被一串钢琴声吸引了注意力。很奇怪，没有一句歌词的乐曲，就那么深深嵌入她心间……

那一刻MV播放完毕，主持人正在介绍“花花”的成名之路。

电视里播放的是2013年的夏天，在《快乐男声》长沙的海选现场，华晨宇用他独特的“火星文”演唱了一首“无字歌”。那时候，除了评委尚雯婕表示力挺，其他导师并不认可这个有点奇怪的选手，一同参加比赛的选手对尚雯婕给予这个男生的肯定也感到诧异——少年奇怪的唱法与性格让人一片哗然。有人为此觉得华晨宇是疯子，也有人认为他是天才。

那一刻，姜蓓蓓突然觉得，自己的青春是不是也可以有些不一样。

“其实那天从食堂离开之后，我就上网百度了华晨宇的资料。我觉得，我好像找到了同类，就是那种在所有人眼里不一样的人。天才就该所向披靡，但没人知道，我们曾付出过什么，我们有多孤独！”

她很感谢食堂那台小小的电视机，感谢那平凡又不凡的一天，姜蓓蓓在“华氏星球”长期驻扎了。

华氏星球是一个怎样的星球呢？姜蓓蓓说那是一个“天才不易，特立独行”的星球。

华晨宇凭借一首经典老歌《我》在大热的选秀舞台一举夺冠，成为总冠军，人们对他的要求和期待随之增加了很多。大家希望华晨宇多做一些主流音乐，希望他当一个乖小孩，也希望他能够不那么腼腆。是啊！他从平凡少年蜕变成万众期待的偶像，一旦不满足大家的期待，就像犯了不可饶恕的错误一样。

欲戴皇冠，必承其重。

不同的两个空间，姜蓓蓓也一样。老师和家长觉得她考第一是理所当然，同学却希望她偶尔给别人一些机会，别老霸占着“第一名”的位置，他们从不同的角度关注着姜蓓蓓。那时候的姜蓓蓓真希望自己可以隐形，逃离那个让人喘不过气的环境。所以，其实她被压得喘不过气来，甚至在与父母发生争执的那天早上，她故意做错一道题来表达青春期的小叛逆，她的叛逆，仅此而已，悄无声息。

“我知道这样做其实很傻，也是不对的，但那时候我真的找不到情绪的发泄口。”

直至华晨宇突然闯入她的世界，一切才变得不一样。

华晨宇对大家的期许永远是一副“Be Myself”的态度，既然无法撕掉“天才”的标签，那便去享受它。至少，他不会被大家指引着去度过漫长的人生。华晨宇说：“我为什么要去迎合市场？我干脆去引领市场。”这句话，让姜蓓蓓醍醐灌顶。最终，在填报高考志愿时，姜蓓蓓遵循了自己内心的意愿——哪怕家人和老师都劝她去读法律专业，她还是选择了自己更喜欢的心理学。

“我不再拒绝当一个天才，却也不想做提线木偶般的天才。”拥有更多主见的姜蓓蓓，对人际交往也渐渐地掌握了主动权。

想想过去，她若是比其他同学名次高，心里就会滋生一股愧疚感。可自从考上大学之后，她似乎学会了“心安理得”。她付出了

努力，收获了好的结果，那就理所当然地去享受所得到的一切掌声与成就。但同时，她也学会了体谅他人——每逢同学对成绩感到沮丧时，都会主动去宽慰他们，失败不可怕，可怕的是没有重来的勇气。

鼓励有多重要，没人比姜蓓蓓更懂。

“你敢相信吗？这也是我通过华晨宇学会的事情。”她一遍遍强调，“做自己，并不意味着你要对这个世界冷漠。反而，做自己的人都有着强大的内心，可以去爱世间万物。”

说到这里，我面前的女孩忽然从座位上“弹”了起来，小跑到餐厅的前台，跟服务员说了一些什么，回来时，餐厅便开始响彻一首歌，是华晨宇演唱的那首《好想爱这个世界啊》。

她对我调皮一笑，和刚刚陷入学生时代回忆里的那个女孩判若两人，她笑得那么开心，荡着脚打着节拍跟着音乐唱了起来——“想过离开，当阳光败给阴霾，没想到你会拼命为我拨开。”

2020年，华晨宇选择为抑郁症发声，希望大家能客观看待抑郁症群体，给予他们更多的陪伴和关心。为了更好地表达这一主旨，华晨宇在作曲之后，找到著名作词人裘育寻求合作，希望裘育能协助他，通过这首歌让抑郁症患者被治愈，不会轻易地放弃这个世界。

裘育被华晨宇的真诚打动，发行整整写了三版歌词。最终，经过反复斟酌，选择了一版发行。

在微博分享这首歌时，华晨宇说：“如果一个人有抑郁症，他最害怕的就是身边的朋友都觉得他还挺正常的。他一个人在房间里的时候，其实很痛苦。”他有着一颗同理心，总是可以通过音乐医治他人的心魔。

在某个瞬间，在华晨宇并不知道的瞬间，他自然也为姜蓓蓓疗过伤啊！

“前段时间，我和班里的一个男生因为一个课题成了对手，但最后我胜出了。那个男生因此沮丧了很久，我就三天两头地给他送奶茶，其实是想安慰他一下，没想到……”说到这里，她害羞地笑了一下，轻描淡写道，“我们在一起了。但开头很美好，结局很惨淡……谈恋爱没多久，我就成了学生会主席，他嫌我忙学生会工作多过跟他在一起，又觉得我太过瞩目，半年后，就跟我提了分手。”

别看现如今姜蓓蓓好像很洒脱，能言简意赅地讲述这些感情旧事，可在当时，未来的心理医生姜蓓蓓差一点连自己都拯救不了。

“我跟你说，我那时候单方面被分手不说，还在第二天就看到他及他的现女友在一起，那种心情，嗯，挺特别的！说出来或许夸张，但我真的就靠单曲循环《好想爱这个世界啊》治愈了失恋，哈哈哈。”

“不想离开，当你说还有你在，忽然我开始莫名期待。”每每听到这句歌词，姜蓓蓓总会觉得华晨宇正在自己身边，温柔地对她低语：“别担心，我会为你拨开乌云。”

“感觉我喜欢了华晨宇之后，就觉得我和这个人怎么有那么多相似之处啊！不管好的坏的，都很像。可能是粉丝的‘通病’吧！那‘饭随爱豆’（形容粉丝和偶像很像）不无道理，哈哈哈。你知道吗？华晨宇在综艺里说曾偷偷回母校，远远地望了望前女友的背影，微笑着说——她要考研，于是便选择不打扰。”说到自己偶像的恋情，姜蓓蓓没有像其他追星女孩那般激进，反倒感慨：“花花是一个很深情的人，云海江湖，虫鸣鸟啼，在他心里皆能引起共鸣，进而打造一首歌。他深深地爱着这个世界，无论世界是不是以痛吻他。”

曾经为爱而伤痛、为伤痛而流泪的小姑娘，在偶像的影响之下，愿意选择原谅。她愿意好好地去爱这个世界，不在错的人身上浪费宝贵的时间。

“我的梦想是开一家心理诊所，治愈那些不快乐的人。”她打算前往国外一所名校进行交换学习，但由于疫情，有些安排便暂且搁置，“没关系，疫情总会过去的。但现阶段，我也不能这样等着，学习不能停止。”她坚定地说。

姜蓓蓓果真没闲着，常常去师兄开的心理诊所帮忙，据姜蓓蓓说——现在人们普遍有心理疾病，而且，病患的年龄越来越小。好多次，她接诊的都是高中生，每当他们接受完心理辅导后，姜蓓蓓都会再跟他们聊一会儿。有时候，姜蓓蓓通过他们的言谈，会想起高中时的自己。她比谁都清楚学业的压力，身为第一名又有着怎样的无奈。

“管你什么说法，当我是傻或是笑话。管你什么办法，别幻想我沦落倒下。”华晨宇的这句歌词，想送给每一个正在为此而苦恼的小孩。

“刚出道时，华晨宇声嘶力竭地唱着《亲爱的小孩》，一直在父母离异、被同学欺负，贴着天才标签便不得不当天才的迷雾里挣扎。可这两年，他则是气势如虹，接连几场演唱会，看到他身着红色披肩、站在舞台中央以《齐天》这首歌作为演唱会的开场，场内一万八千根应援棒齐齐挥动着时，我都会热泪盈眶。”

他确实不是大圣，没有通天的本领，更不可能以一敌百。无论是参加《花儿与少年》时，因剪辑问题被贴上不友好的标签，还是不满《明日之子》的赛制问题抱怨“干吗搞这些”，华晨宇其实都无法掌握主导权，毕竟他只是一个音乐人，不是商人。他不懂得如何取经，在江湖战斗里运筹帷幄。但是，他仍有孙悟空的傲骨，渴望极度绽放，渴望以自己的一点能力让这个世界变得不一样。

这就够了。

我们不必做到让任何人满意，但一定要对自己负责。学霸要起到表率作用，却不用事事做到一百分，只要你够优秀就很好；学渣要奋起追赶，却不必把自己逼进死胡同，毕竟，条条大路通罗马。

人生短短几瞬，只要确保走的是正确之路，我们不必太强求自己。爱自己，做自己。华晨宇如风，似海，在每个人都羞于面对真实的自己时，他从未讨厌过“做本我”。

不拒绝天才的标签，并不意味着他要把整个人生交付于大众的手上。

华晨宇扛着一个音乐人应该担负的责任，用自己的方式，深深地热爱这个世界。他用歌声慰寂寥，姜蓓蓓因他学会了爱自己，学会了因他而爱世人。

我是我的样子，我生来就固执，讲自己的故事，活独特的气质。不去迎合别人活，才会觉得有意思。

——《我的世界守则》

作词：王一博
作曲：24、Vince、CK、velvet
演唱：王一博

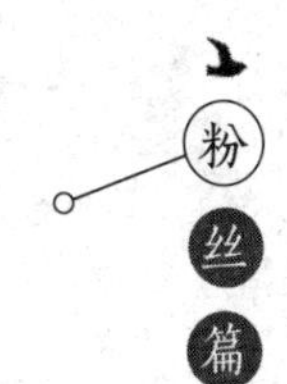

王一博

——你在舞台闪亮，我在人海仰望

要不是因为王一博，阿楚可能一直都无法引起宋乐暄的注意。

高二时，阿楚所在的学校要举办艺术节，阿楚的班主任把组织节目的重任“压”在了班长宋乐暄身上。

然而，对宋乐暄来说，这项工作进展得并不是那么顺利。许多同学都以学习紧张为由拒绝参加活动，即使有少部分同学乐意登台表演，他们的才艺也已经在上一年度为大家展示过，缺乏新意。报名表一直空白，宋乐暄为此而感到头痛。

基本只要听到下课铃声响起，他就会立马冲上讲台，对大家进行新一轮的游说。

当宋乐暄第六次劝说大家务必要好好考虑，积极报节目时，有的同学干脆把书朝着他丢了过去：“你学习成绩好，能不能不要打扰别人学习？”

信奉成绩至上，却每次都败给宋乐暄的几个男生，凑在一起骂骂咧咧。阿楚看着这一幕，很是担心。

她偷偷地瞄着宋乐暄略显尴尬的神色，伸手拿走了压在同桌书下的报名表，一阵奋笔疾书，又趁着宋乐暄不注意，把报名表放在了他的桌上。

阿楚装作若无其事，宋乐暄却吃惊地瞪大了双眼。

“阿楚同学，你确定要表演街舞？”晚饭时间，宋乐暄在食堂寻找了一圈，终于找到了坐在角落里的阿楚。

这是两年来，他第一次与阿楚说话。

平日里，阿楚在班里几乎没有存在感，她成绩中下等，性格过于内向，厚厚的刘海配上厚厚的眼镜片，整个遮盖了少女该有的朝气。

别说宋乐暄对她的报名感到好奇，连班主任都好言相劝，希望阿楚不要意气用事以免搞砸整场晚会。

然而，阿楚态度坚决。她说：“请老师放心，我一定会用心表演。”

阿楚有自由选择和决定的权利，反对者们也不好再多说什么，只能暗自祈祷她不要在艺术节那天出现差错。

没错，没有人相信阿楚能惊艳全场。

可偏偏就是她，在那日获得了最热烈的掌声。毕竟，谁都没有想过，那个穿着宽大卫衣、戴着黑色棒球帽，能随着音乐声准确卡点跳舞的人，竟然是平日里最低调的女孩。

“阿楚同学，你还有隐藏技能啊！”阿楚下台后，宋乐暄递给她一瓶水，他好奇地问，“你到底是什么时候学会的街舞？”

“我小时候学过民族舞，有一定的功底。”阿楚在和宋乐暄对话时，不自觉地红了脸，“后来，因为喜欢王一博，就背着父母偷偷练习了街舞。”

女孩试图让自己崇拜的男生多了解自己一些，毫不避讳地说出了自己的偶像。

还好，宋乐暄不是那种会鄙视女生追星的人，他非但没有嘲讽阿楚是个花痴，还告诉了她一个惊天大秘密：“其实，我也很喜欢王一博，因为他会开赛车。”

“真的？”阿楚惊讶地看向宋乐暄。

宋乐暄点点头，他把食指放至嘴边嘘了一声，再次压低了声音：“放学后，我等你一起回家，我们再慢慢聊。”

不知为何，阿楚觉得那天回家的路格外长。她和宋乐暄之间好像有说不完的话。

阿楚对宋乐暄说：“你知道吗？小学五六年级时，王一博生病，去医院打吊瓶，周围都是闭目养神的人，非常安静，唯有电视里很是热闹。”

“动感地带”的舞蹈选秀比赛正在如火如荼地上演，透过荧屏传来的欢呼声瞬间便将王一博吸引，让他忘却了因感冒而滋生的烦恼，就此拥有一个特别的愿望——他想跳舞，想当最酷的舞者。”

聊起王一博时，她一改往日的寡言，眼里闪烁着星星。

阿楚指了指街道旁的培训学校叹气：“可惜啊，我不能像王一博一样大胆地说出自己的心声。我从小就被妈妈逼着去跳民族舞。长大了，我妈又以耽误学习为由，不准我再跳舞。有时候，我都不知道我妈到底是怎么想的。我更不明白，这是她的人生，还是我自己的人生。”

刚刚还感觉兴奋的阿楚，想到很快又要回到家听母亲大人念叨学习、未来、出国这些事，深感无力地垂下了头。

宋乐暄瞧着她无精打采的样子，拍了拍阿楚的肩膀，深深叹了一口气：“其实，我也生活得不开心。所以，我才开始关注赛车，想去体验自由驰骋的感觉。”

“你怎么了？”阿楚脱口而出，但她又好像察觉到了宋乐暄的

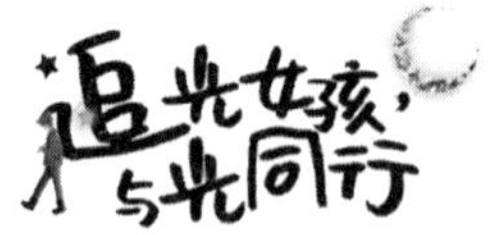

欲言又止，于是立马话锋一转，说道，“对啊，我偶像超级厉害。他很喜欢赛车，以专业赛车手的标准来严格要求自己，把爱好做到专业，真的很厉害啊！”

阿楚很自然地说起与王一博相关的事情，她相信宋乐暄不会取笑自己。不然的话，他又怎么可能会和自己一起回家，还对她承诺：“以后放学我都等你。你多给我讲一些王一博的事情吧，我总觉得他就是我想成为的样子。”

“什么样子？”阿楚把自行车锁好，在上楼之前，她递给了宋乐暄两瓶酸奶。

一场登台表演，让她瞬间变成了“女神”，一下台就收获了各种礼物。仅仅是酸奶，阿楚就收到了五瓶。

宋乐暄打趣阿楚：“你现在还真是火。”他抬头看着满天繁星，温柔地说，“避尘，不避世的样子。”

少年立于灯下，畅想未来。

他有好看的眉眼、挺直的脊梁、深邃的眼神，所讲的话又是那么富有内涵，阿楚望着宋乐暄，笑了起来。她怕自己再看着眼前的男孩，就会更加自惭形秽，于是赶紧摆手示意再见，跑回了家里。

第二天，阿楚红肿着双眼去了学校。不少同学都以为是她登台表演过于激动，大哭了一场才变成了“金鱼眼”。只有宋乐暄瞬间反应过来，他想，肯定是阿楚跳舞的事情被家里知晓从而引发了大战。

当然，一切如他所料。

阿楚的妈妈在家委会群里看到阿楚跳舞的相关视频后，暴跳如雷。

阿楚刚进门，阿楚妈妈便对自己的女儿进行了五连暴击询问："你是觉得自己很有本事吗？你数学考那点儿分，还好意思跳舞？你以后还想不想出国？还想不想让妈妈抬头做人？你告诉我，咱们家的公司以后要交给谁？"不等阿楚回答，阿楚的妈妈就冲到阿楚的房间，把她贴在墙上的王一博的海报全部撕了下来。

阿楚又急又气，一边哭，一边跺着脚问："妈，你当初答应过我，只要我考上重点高中，便不会干涉我追星。"

但是阿楚妈妈一点儿也不心疼泪水涟涟的阿楚。她气冲冲地把一摞新买的试题甩在桌上，发出号令："如果这次期末考试你的数学成绩再没有起色，别说这些海报，你房间里所有关于王一博的物件，我全部会扔掉。"要不是阿楚的爸爸及时出现，当天晚上，痛哭流涕的阿楚就要被妈妈逼着做完三套试卷才能睡觉。

阿楚就像一个总被大人支配的机器人，她感觉非常伤心、压抑。同样，阿楚是真的想不通：难道自己的妈妈就没在年轻的时候喜欢过一个偶像吗？

更何况，她喜欢王一博，根本没有影响过学习。有一次，她还把王一博的经历写进了作文里，这篇文章近乎得了满分，在班里广为流传。那是除了这次跳舞，阿楚在高中两年里最为高光的时刻。只可惜，阿楚的妈妈和阿楚的崇拜对象宋乐暄，一个是因为业务太过繁忙不再记得自己说过这件事，一个是因为那天生病刚好没来上学，于是压根不知道这件事。

阿楚沮丧地说："班长，我真的很喜欢王一博。我为了他学街舞，还把他写进作文，想为了他变得更好。可我妈一点儿也不理解。如果我数学成绩再无法提高，她要把王一博的周边全部给我丢进垃圾桶。"晚自习之后，阿楚不想回家，趴在桌上盯着那一大摞书发愁。

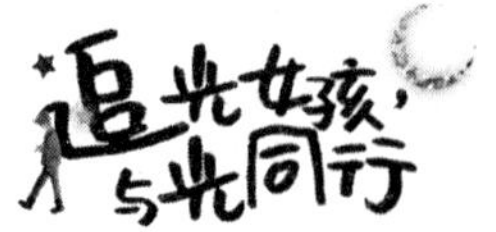

宋乐暄耐心地等待着阿楚，随意地翻了翻女孩桌上的练习册，然后很开心地笑了起来："我确实不太理解一个女孩喜欢一个偶像究竟是什么样的心情，但我有办法让你愉快地追星。"

宋乐暄还真是有办法。

他就是从那时起，开始为阿楚补习数学，一直到高考结束后，宋乐暄还是阿楚的"特别家教老师"，只是，他们之间的补习科目已经从数学变成了英语。

没办法，阿楚的妈妈还是执意要送她出国留学，阿楚呢，却连英语四级都考不过。

"乐暄，阿姨希望你能多多督促我们家阿楚学习。帮我看着她点，别让她总把心思放到别的地方。"自从得知宋乐暄与阿楚成为好朋友后，阿楚的妈妈就总是邀请宋乐暄到家里来吃饭。

可不管是高中时期，还是阿楚已经成为大学生，阿楚的妈妈在饭桌上，总是会申明老观点：追星，就是会影响学习——即便那次数学考试，阿楚在宋乐暄的辅导下，成绩大幅度提高。

阿楚的妈妈并没有将王一博的周边悉数没收，却也不准她再买任何男明星的海报、杂志及他代言的产品。

阿楚尴尬地笑笑，给了宋乐暄一个眼神。见此，宋乐暄心领神会，立马进行救场。

宋乐暄找准时机，见缝插针地说："阿姨，我也很喜欢王一博。他可不是大众认知的空有流量的偶像，而是确实很有实力的艺人，十四岁时就去韩国当过练习生，凭着一股韧劲练了一身好舞技，不怕苦，也不喊累，他的一些正能量啊，值得我们这些年轻人学习。"

宋乐暄不愧是“学神”，他早已把阿楚告诉自己的关于王一博的经历烂熟于心，更不愧为“别人家的孩子”，阿楚的妈妈因为宋乐暄说的话，内心有了一丝动摇。

宋乐暄给阿楚妈妈夹了一块排骨，继续说：“您年轻时喜欢张信哲吧，他是歌神；王一博，他就是舞神。阿姨要不信，咱看会儿视频吧。”

阿楚妈妈没想到自己年轻时候的事被发现了，有点惊讶，有点害羞。

宋乐暄打开微信，给阿楚妈妈播放《这就是街舞》节目，之后，阿楚妈妈不自觉地点了点头。一个视频播放完毕，顺延播放了前段时间爆火的《陈情令》的剧情片段，阿楚妈妈又忍不住问：“这个男孩还拍戏？”

“蓝忘机这个人物说好演也好演，说不好演也不好演，因为他的台词非常少，戏全在眼睛里或者他的一些细微的动作里。其实他内心活动是很多的，只不过不愿意表达。”

阿楚情不自禁地就把王一博曾在接受采访时所说的一段话，讲给了妈妈听。

紧接着，她又觉得自己好像有点话多，立马说了一句：“妈，你还是自己追剧吧！我就不剧透了，咱吃饭，赶紧吃饭。”

阿楚对宋乐暄吐了吐舌头。

她真的很感谢王一博，在无形中，让自己爱上街舞，进行了那次表演，进而有了自信。

阿楚想，总会有那么一天，妈妈也会喜欢上王一博，一定会有那么一天。

果不其然。

自从阿楚为妈妈“安利”了《陈情令》之后，阿楚妈妈就沉迷于剧中不能自拔，只要不上班，就抱着iPad追剧，还为此特意买了视频网站的VIP。

“女儿，这部剧太虐了吧！”

当阿楚的妈妈给阿楚发微信时，阿楚正在和宋乐暄一起撸串。

“对了，你怎么知道我妈喜欢张信哲？”

“她一开心就唱张信哲的歌，你这个当女儿的竟然没发现？”

阿楚吐了吐舌头，她还真是不称职的女儿，还不如外人对自己的妈妈观察细致。

“其实我们三个人很相似，我说我们和王一博。他不会因为盲从就把自己的发色染成跟大家一样的颜色。如果没记错的话，高中时，班里的女孩都会故意在校服里套自己的外套来引起别人的注意，你好像从来没有跟风；上了大学，咱们班的女孩都烫了头发，你也还是直发。我不也一样吗？我还是讨厌西装革履，喜欢穿帆布鞋、球鞋。我们都是那种想要避开红尘，只做自己的人。但是，每次见到流浪狗，你都会去救助；每次看到有人乞讨，你不管真假，都会给人的手里塞钱。你没有避开尘世赋予你的责任、担当，要求你做到的善良。”

“阿楚，你真的很棒。”男生的一番话，让少女的心如擂鼓一般。

听了这话，阿楚直接笑出了声。她想起很久之前看到的一句话：“你在舞台发光，我在人间点灯。”她觉得自己点亮了人生中的好几盏灯——阿楚渐渐让妈妈理解了自己为何喜欢王一博；她学会了新的技能，找到了更好的自己，变得开朗，有了朋友；她只做真实的自我，也得到了他人的赞赏；刚刚，一直画漫画的阿楚，还为一家公司设计了吉祥物。

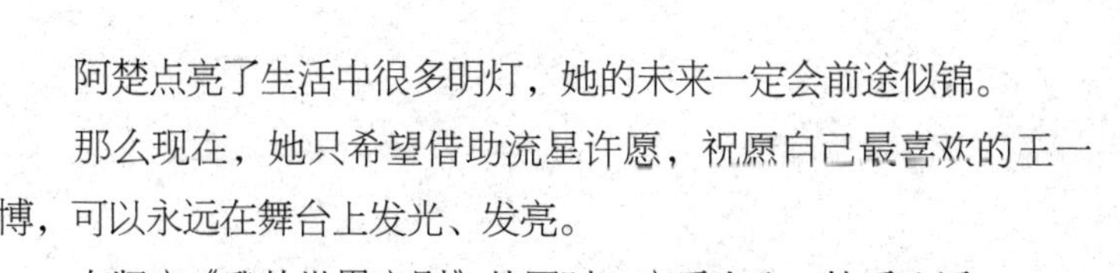

阿楚点亮了生活中很多明灯，她的未来一定会前途似锦。

那么现在，她只希望借助流星许愿，祝愿自己最喜欢的王一博，可以永远在舞台上发光、发亮。

在坚守《我的世界守则》的同时，享受人生，快乐生活。

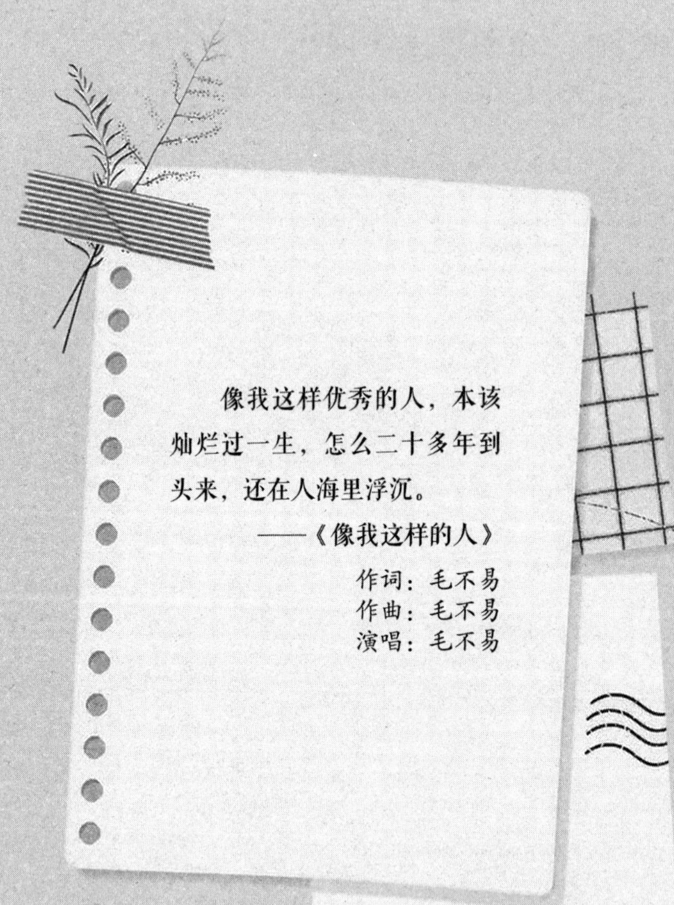

像我这样优秀的人，本该灿烂过一生，怎么二十多年到头来，还在人海里浮沉。

——《像我这样的人》

作词：毛不易
作曲：毛不易
演唱：毛不易

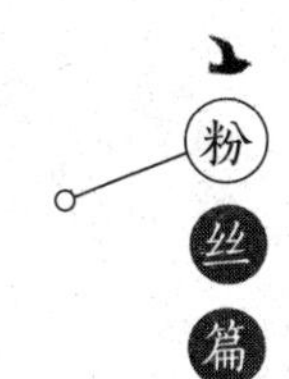

毛不易
——“平凡”没什么不好，为什么要去讨厌它

毛不易有首原创歌曲，叫作《像我这样的人》，于存墨非常喜欢。她觉得这首歌就是为自己“量身打造”的，尤其是那句“像我这样碌碌无为的人，你还见过多少人”，于存墨每次听到都会动容。

人生漫漫，千人千面，可偏偏于存墨身上的标签好像就只有“普通”。她穿最普通的校服，留着最普通的直发，没有亮眼的才艺，也没有拿得出手的好成绩。每次，她和好朋友吕诗诗、台心蕊站在一起时，都会被同学们自动忽略。

“年轻貌美有才华，用也用不尽。”吕诗诗的人生可以用毛不易的另一首歌《感觉自己是巨星》来形容——她生得美艳，跳舞的时候更是十分灵动。只要有文艺会演，吕诗诗绝对是妥妥的“C”位，就算是平时走在食堂里，某些同学也会主动走过来找她搭讪。她很轻易地就能被大众看见，被聚光灯包围，集万千宠爱于一身。

“像她这样优秀的人，就该灿烂地过一生。”于存墨总是这么默默地想。她身处某个“黑洞”里，不甘平凡，又不得不接受自己的平庸，有些烦恼。

三千春江水，暂住迷茫的天空。于存墨不知道接下来自己要走向哪儿，一点儿也不像台心蕊有主见。

台心蕊也喜欢毛不易，喜欢《盛夏》那首歌。她是话剧团的“台柱子”，能够热气腾腾地生活，也永远知道昨天走远了就该往前走。台心蕊的目标很明确，她要成为有名的话剧演员。她的实力让梦想有了生根之处，周身总被掌声与赞誉环绕。

“像她这样做事不留分寸的人，青春里总不会有遗憾。”百年校庆时，于存墨远远地望着身穿华服的台心蕊，偷偷地感慨。

想当初，她和吕诗诗、台心蕊因为是同学，又因为都喜欢毛不易而相熟。现如今，她们却走着截然不同的路——吕诗诗和台心蕊更像是在复刻毛不易的成功之路，不出意外，她们应该会在毕业之后，通过选秀或是耀眼的经历成为某个领域的拔尖人物；于存墨则更像是在体会毛不易还未成名时的酸甜苦辣，她甚至不敢想，能不能有那么一天，自己可以近距离地接触自己的偶像。

大概，不能吧。

她那么平凡，无论怎么跑，都不会追上毛不易的脚步。

平凡的她，在某天听到了这样的对话——

“你们知道于存墨吗？她真的好像女神身边的侍从，不，是小丑。真不知道她怎么还好意思天天围着吕诗诗和台心蕊转。”于存墨担心两位好朋友会感觉尴尬，急匆匆地朝后台走去，又在推开门的一刹那，傻傻地愣住。

果然，有些尖酸刻薄的同学又在拿于存墨开玩笑。她以为自己已经习惯了，事实上，并不是。于存墨还是非常难过，她生怕大家看到自己脸上的泪，转身就跑。而等她上气不接下气地跑到操场时，于存墨再次打开了某个音乐App。

她的耳朵里又传来了毛不易动人的声音——“像我这样碌碌无

为的人，你还见过多少人？”好的音乐就像一把好刀，“刺啦”一声就把时光划了一道裂纹。蹲在角落里的于存墨，似乎借着旋律，看见了也曾碌碌无为的毛不易——

当年因为高考发挥失常，毛不易服从调剂，去杭州师范大学读了最不喜欢的护理专业，他摇摇头说：“算了，生活安排什么就什么吧，我爸妈希望我以后有份稳定的工作，然后成婚生子。算了，我其实都无所谓。”那时候，他还不懂得如何为自己消愁，不过是得过且过。

他拨弄着吉他，唱道：“深夜在小摊借一丝温暖，缺失的总填不满，摇摇晃晃忽明忽暗，路灯下影子太乱。”成长的无奈，毛不易无处可逃。

将就之下所选的护理专业，仿若“蝴蝶”效应，让毛不易在毕业之后，也没了选择权。他去了一家医院实习，当男护士。消毒水的味道让毛不易有些不适，男护士的身份更是让他感觉尴尬。

可又能怎样呢？

世间少有如愿的人，大多数人都不过是芸芸众生中的浮萍而已。命运给我们什么，我们就只能用双手接下，不能拒绝或是改变。成名之前的毛不易，也不过是另一个“于存墨”罢了。

想到这儿，于存墨哭得更厉害了。她不知道是在心疼自己，还是在心疼毛不易。

“存墨，你去哪儿了？我们很担心你。”哭到精疲力竭的于存墨，在食堂里吃了一大碗麻辣烫，她刚要把汤汁都喝尽时，吕诗诗和台心蕊风风火火地冲了进来。

她们严肃地教育于存墨：“你偷偷一个人跑来老地方吃饭却不

叫我们，过分了啊！下次再这样，我们可饶不了你！”

好朋友的意义就是：她总是喜欢数落你，却也是真的害怕失去你。她们永远知道能在哪里找到你，却也真的害怕某一天再也寻不到你。

于存墨为有这样的知己而欣慰，她自知是自己太敏感了，不管别人怎么说，只要她们是真心待她的，流言蜚语又能怎样呢?

她乖乖点头。

“走吧，去咱班的期末庆功宴吧！”

她怯生生地问：“我可以不去吗？”

“不行！”吕诗诗和台心蕊异口同声，拽着于存墨的胳膊把她“架”到了KTV。

坐在一群热闹的同学之中，于存墨觉得自己“格格不入”。她不主动找人搭讪，不主动点歌，不主动玩真心话大冒险。

这是她的习惯，每一个无聊的、烦恼的、疲惫的、迷茫的、快乐的、幸福的时刻，都会搜一搜毛不易的新闻，假装是自己的偶像在陪伴着自己。

“这个世界上，还有很多不被认可的梦想、不被祝福的感情、不被眷顾的孩子，他们不曾犯错，却只能颤颤巍巍，单薄地行走在路上。这首歌送给他们，借天地万物，不求终将到达某处，只求路上少些阻碍，让他们通往平凡。”于存墨点开了毛不易的一个报道，看到了这段话。她盯着眼前的几行字，思绪万千。某个时刻，她觉得毛不易又在朝着自己招手——

毛不易似乎在对她说：“我绝大多数最重要的创作，是在那个不堪回首的实习阶段完成的，反而如今远离那样的生活之后，我却因创作陷入瓶颈期而感到焦虑。”他是那么神奇，好像总有办法来安慰于存墨。

想想也是，毛不易的阅历，让他学会了共情，让他的歌注定可以成为“疗伤神器”。像他这样的人，世间总有，却也少有。

虽说毛不易参加了《明日之子》，他却压根不知道这是一档多大规模的选秀活动。直到看到演播室不仅人来人往，而且大家各怀绝技的时候，毛不易才有点儿慌。毕竟，他来自小城市，见过最大的场面也不过是每晚小城市中心的“广场舞大赛”。

生来平凡，毛不易并没有感到纠结。他总是会被微小的事物触动，再用音符为大家编织一个十分清淡的梦。

“太阳早上好，路边野花对我笑，在田野里奔跑，无拘无束多逍遥。”这些年，无论歌手还是演员，都喜欢卖力诠释“情怀”。摇晃的红酒杯里倒映着初恋的脸，成年人的背包里装着少女的芭蕾舞鞋，去沙漠必然怀念三毛，在酒吧就得来首民谣……许多东西都被人为地镀了金。

毛不易呢，他就是唱着“想吃水饺和汤圆”，说着“也许有一天我不想唱歌，写不出歌，不再能唱歌，可能会去卖烧烤、收房租，和你们一样投入各自琐碎的生活和忙碌里，那个时候我们都一样，可是我希望你们能够记得，在我们年轻的时候，曾一起感受过这个世界的温柔，感受过音乐的美好，我们有过共同的感动，以及有过共同的年轻的力量”。他从来不曾为自己是个普通人而自卑，甚至，从平凡的常态中汲取到了养分，滋养了自己的音乐创作灵感。

想到这儿，于存墨发现自己好像一直都错了。

“存墨，来，你最喜欢的歌。”吕诗诗和台心蕊坐过来，在她身边一左一右，在点歌器上打下了“毛不易”三个字。

若是之前，好朋友帮自己点了歌，却又有那么多不熟悉的人在场，于存墨一定会摆手婉拒。这一次却不一样，她低头看了看手机

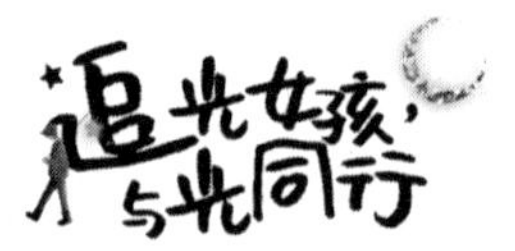

上毛不易的照片，伸手接过了话筒。

“诗诗，先帮我摁下暂停键。”于存墨声音洪亮地说，“同学们，我不像诗诗那样多才多艺，不如心蕊这般坚定执着。我是一个非常普通的女孩，普通到没有人愿意称赞我，还总是有人拿我取乐。我最近反复地听《像我这样的人》，明白了一个道理——平凡是生活的底色，也能被我们调成彩色。有时候，接受平凡的事物，也不失为一种美好。真心为他人鼓掌的人，其实本身就已经被眷顾，至少上天给予了她们纯真的心，就像毛不易一样。”

说完这段话，她唱起了这首歌，刹那间，KTV的包间里安静下来。但很快，掌声雷鸣。那一天，大家合唱了那首《像我这样的人》。

那一天，于存墨睡得很踏实，她梦见了毛不易。

“……给你我微不足道所有的所有，给我你带着微笑的嘴角和眼眸，给我你灿烂无比的初春和深秋，给我你未经雕琢的天真和自由。”

醒来之后，于存墨哼着歌，开始自己学着写歌词。她还给吕诗诗和台心蕊发了一条微信：嘿，姐妹们，我偶像毛不易通过音乐，把简单的生活编造成了一首诗，改变了自己的命运，我也想试一试。

“完全支持”美少女三人组里，吕诗诗和台心蕊这样回复她——

存墨，你从来不是默默的存在，你文笔非常好、很内秀，你有自己的光芒。

倘若你哪天成了毛不易的“御用”写词人，可不要忘了我们

哦！即便没有，我们也爱你！

女孩的友情就是这么肉麻，于存墨拿给我看群里的聊天记录时，盯着手机又笑了。

“我永远都记得毛不易说的那段话，他说我觉得能当明星或艺人，那就当。当不了，也就算了。唱歌作为一种乐趣，已经足够让我快乐了。”

写完她的故事，我从歌单里找到《像我这样的人》，摁下了播放键。随后，我看到于存墨在朋友圈更新了一条状态：假如我一直平凡，也会爱着这限量版的时光，爱着普通的自己。诚如当年的你，诚如从未讨厌过平凡的你。

我笑了笑，为这个平凡的女孩，点了个赞。

假如我年少有为不自卑，懂得什么是珍贵，那些美梦没给你，我一生有愧。

——《年少有为》

作词：李荣浩
作曲：李荣浩
演唱：李荣浩

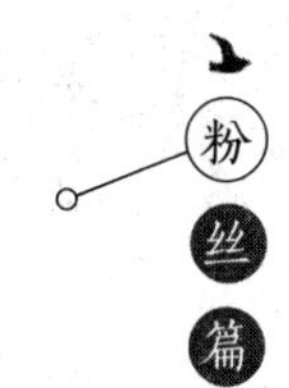

李荣浩

——那些青春赋予的小伤口，真没那么疼

羽彭失恋那天，她记得很清楚，街道上人来人往，男朋友雨霖决绝的背影在路口变成了越来越小的黑点，刚好这时，商店门口的音响里传出了李荣浩的声音：“假如我年少有为知进退，才不会让你替我受罪。”

羽彭的眼泪伴随着音乐声，不争气地落了下来。

她终于知道了明明是烈日当头，却好像忽淋一场大雨是什么感觉。她擦了擦眼泪，拖着无力的步伐回到了公司。

坐在工位上，她打开这首歌。歌词可真戳心啊！更讽刺的是，明明歌里唱的是女孩受不了跟男孩吃苦，主动选择离开，到了自己身上，怎么正好相反呢？其实羽彭都明白，雨霖就是因为自己没有跟他一起考上编制才提出的分手，他一定是遇到了更好的。

“婚礼上多喝几杯，和你现在那位。在婚礼上多喝几杯，祝我年少有为。”

李荣浩这个音乐鬼才，在歌曲的结尾处以变调的婚礼进行曲做总结，替所有没有圆满的爱情叹息。

羽彭听着伤心的旋律，忍不住颤抖。她盯着慢慢滚动的歌词，看到词、曲、编曲、制作人、吉他、贝斯、和声那一栏全部写着“李荣浩”三个字时，喃喃自语：“为什么你这么能唱到我心里呢？”羽彭抹了抹眼泪，把锁在抽屉里的辞职信拿了出来。

这座城市，已经没有让她留下的理由。

当年大学毕业后，羽彭不顾家里人反对，跟着雨霖去了他所喜欢的城市。这些年来，好像她一直在跟随他的脚步，连同喜欢上李荣浩这件事，羽彭都是受雨霖的影响——曾经是好哥们儿的他们，无话不谈。喜欢的偶像，也要互相“安利”。

“你一定要听李荣浩的歌啊，他真的非常有才华。他能把游走在现实的孤独谱成曲，能把生活的暗涌写成词。”不得不说，年少的雨霖很文艺，他常常这么对羽彭念叨。当然，他对李荣浩的评价也很到位。李荣浩确实是本着为听众负责的态度，把每一种情绪都感同身受地体验过之后，再把它们统统写进歌里调剂成了解药。

对，是解药。李荣浩所制作的音乐，虽然总是欲言又止，带些自嘲，但往往会蕴藏着一个又一个平凡人物的所思所想。有些时候，他甚至会把自己的一些观点也糅进歌里。

比如说《小黄》这首歌，就是由李荣浩所经历的真实的事件所改编。那时李荣浩北漂刚好一年，住在夕照寺的出租房里，有一天走在路上遇见一条垂危的小黄狗，一群人围着小狗笑。

“小狗就一个月大，它一直在狂叫，好多人笑看着。他们在笑什么呢？我那时候没懂，到现在我才明白，他们是在等它死，他们觉得那很好笑。”至今想到小黄，李荣浩的语气里都充满不舍，但更多的是，他对“冷漠”的痛恨。因为，当李荣浩抱着小黄狗去寻找宠物医院，找到的第一家宠物医院明明还有人，医生却以自己已经下班为由不予治疗。一气之下，他拿起砖头砸了人家的门。紧接着，他去找第二家，结果第二家宠物医院开了一针一千八百元的葡

萄吊水，也没好好医治小狗，小黄还是在当晚就病逝了。

为此，李荣浩哭了。为小狗的离世而难过，也为自己的渺小而感到悲哀。他不知道该如何描述那种心情，那就干脆写首歌吧，名字就叫《小黄》。就像后来，他一样不知道该怎么形容自己，索性又写了一首歌叫作《模特》。

“李荣浩善于以音乐讲人性，所以，不只是我喜欢他，还有很多歌迷都喜欢他。”在雨霖的影响下，羽彭也慢慢听懂了李荣浩的歌，喜欢上了李荣浩。哪怕现在他们已经分手，羽彭还是视李荣浩为偶像。

只是，她不知道雨霖是不是一如既往地喜欢着李荣浩。

“已经对自己变心的他，是不是已经忘记了过往的一切呢？”羽彭还是会习惯性地点开雨霖的朋友圈看一看，尽管他已经把她屏蔽。还是没有办法一下子就接受雨霖退出了自己的生活，有很长一段时间，她都无心做任何事，整日胡思乱想。

可总这样也不是长久之计。同龄的朋友都在为了生计而奔波，她又怎么好意思一直“啃老”呢？

羽彭在休整了一段时间后，开始四处找工作。她不准备再考公务员，也不想再去培训机构辅导初中生的英语。这些雨霖曾经为她安排的生活，羽彭其实一点儿也不喜欢。当初，她只不过是喜欢雨霖才勉强自己去做这些事，现如今，羽彭不想再为了任何一个男生失去自我。她决定去娱乐公司工作，做自己最喜欢的节目策划。

但一切，似乎不像想象中那么容易。由于之前羽彭没有类似的工作经验，她屡屡碰壁，简历不是石沉大海，就是屡遭拒绝。失恋加失业，再碰上各种打击，羽彭那些日子近乎整日以泪洗面。

她常常是大哭一场，再安慰自己说：“没关系的，李荣浩未成名之前，曾租过一个大概30平方米的小房子，除去厕所、厨房就没别的空间。没有下脚的地方，那些时日，李荣浩基本上是在床上工作，但他从未在演唱会上痛哭流涕，说以前有多么苦。所有的苦，都是为了让日后收获一颗糖，日子一定会甜起来的。”羽彭握紧拳头，打算搏一把。撑不下去时，她就去听李荣浩的歌。她听李荣浩唱“没有你，我怎么办？三年又零一个礼拜，才学会怎么忍耐”。会写歌的人，不一定就很会谈恋爱，未找到杨丞琳之前，李荣浩也曾失恋，还曾吃着热干面含泪写了一首歌《祝你幸福》。

看来，人人皆凡人。哪怕是音乐才子，在失恋时，他也得痛苦一番。那就痛吧，受过一点情伤，我们才能长大。

羽彭没再着急让伤口愈合，却也不再轻易地去碰触它。

她开始更加积极地找工作，终于，某位伯乐看上了羽彭写的企划案。羽彭正式进入公司的第一天，她约闺蜜紫瑞吃了饭，还去了KTV庆祝。不用说，这一天，羽彭一定是点了李荣浩的歌。

她抱着话筒开始唱：“你一出场，别人都显得不过如此。”羽彭还记得当初雨霖就是唱着《不将就》这首歌向自己表白。他曾经那么顽固而专一，天下那么大，还是毅然决然地选择了自己。

她也以为，他们会是彼此一辈子的“不将就”，没想到，他们的一辈子竟然那么短。想到这儿，羽彭又忍不住开始抽泣。

在她身旁的紫瑞，并没有为羽彭递过来纸巾，紫瑞果断地切了歌，紧接着，《李白》的前奏就响了起来。

“你要像你的偶像那样，写写诗来澎湃。”紫瑞拍了拍羽彭的肩膀，大声说。羽彭用力点了点头，第二天，她果然成为部门的“李白”。她把所有精力投入工作，很快，羽彭就挑起了大梁，开始在很多重要策划中担任重要角色。渐渐地，她开始带新人。

“我的偶像李荣浩曾经说过，他其实没有什么闹腾的叛逆，算是比较随大流。只不过，在音乐方面，他很有自己的主见。假设别人认为他写歌的风格比较单一，那他就必须要做十张风格完全不同的专辑。我很认可他的做法，所以，如果甲方认为我们的方案不新颖，那我们就做plan B、plan C、plan D!”

不知不觉中，羽彭已经不再是那个只会为了雨霖而哭泣的小女孩。她常常在开会时，展现出自己的认真和专业。后辈们都很认可她，也几乎都知道她喜欢李荣浩。

有一次，大家聚餐，刚好餐厅播放了李荣浩的歌，于是有同事问：“羽彭姐，你到底为什么喜欢李荣浩啊？”

羽彭在听到这个问题时，沉默了一会儿。她本想说“是因为前男友，我才喜欢上了李荣浩”，话到嘴边，她又换成了另一番回答——“李荣浩路过了我的天真与稳重、彷徨与成长，他是我整个青春的收纳箱。不只如此，他的身上真的有太多值得我去学习的。他在19岁时前往北京，开始做音乐制作人。整整十年时间，他给大咖级人物赵薇、李泉、古巨基写过歌，也给歌红人不红的A-Lin、蔡旻佑谱过曲，甚至连薛之谦那首很红的《丑八怪》都是他写的。他在华语乐坛越来越青黄不接的时代，成为新的传奇，时不时就能在各大音乐颁奖礼上拿奖。可到了他自己，李荣浩似乎有点儿‘怠工’。至少当一家唱片公司老板主动找到李荣浩，提出要为他发专辑的请求时，他并未表现得异常积极。相反，李荣浩还对负责人说，发可以，但得等等。他手里还有一些艺人的专辑要做，很忙。他一点儿也不着急从幕后走至荧幕前，于是，直到30岁这年，李荣浩才火了起来。”羽彭吸了一口果汁，继续补充道，“我的前男友那么喜欢李荣浩，自认为很了解李荣浩。但是，我的前男友没有像李荣浩一样，不贪功慕名，不着急成长。”

羽彭再提起雨霖，已经很淡然。她确确实实喜欢过雨霖——喜欢他年少时的羞涩，喜欢他给自己戴围巾时，突然变得通红的耳朵；喜欢他的青涩，喜欢第一次牵手时，他手心里不自觉地冒出来的热汗；喜欢他的诚恳，喜欢他带自己去看李荣浩演唱会时，认认真真说过的那句“你就是我的不将就”。

可当雨霖变得现实、功利之后，羽彭是真的伤透了心。他年少有为，却忘了什么最珍贵；她年少无为，至少还对爱保留一份真心。羽彭轻轻跟着音乐哼唱起来：“没人去仰慕，那我就继续去忙碌。”李荣浩曾在《我是歌手》的舞台上唱的《笑忘书》，很像羽彭当时的心境。

“过往，笑着，就忘了吧。”羽彭默默地对自己说。

知道李荣浩要来参加自己策划的栏目时，羽彭简直是坐立不安。她以各种理由跑到前台等候，却又在真正见到自己的偶像时呆若木鸡。同事们使劲把羽彭往前面推，她还是迈不开腿走上前去。羽彭说：“我远远看他一眼就好，我就看一眼。”羽彭蹲在凳子旁，看着李荣浩亲切地和同事打招呼，看着他走过并不是很长的过道，朝着电梯走过去。这短短的几分钟，羽彭似乎是用了大半个青春才换来。她望着李荣浩的背影，就像那天瞧着雨霖的背影一样，忍不住就哭了起来。起初，她只是默默地落泪，渐渐地，羽彭的整个身体都紧张得颤抖。到了最后，羽彭干脆抱着那只凳子，放声大哭。

她想起了很久之前，雨霖对自己说：“李荣浩可真固执啊！他的歌名竟然叫《不说》《不搭》《不将就》，那我要像自己的偶像一样，给你写三首诗，分别叫作《喜欢你》《只喜欢你》《永远喜

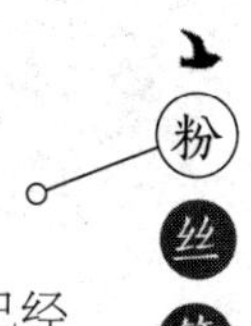

欢你》。”可是，后来呢？李荣浩还那么喜欢着杨丞琳，雨霖已经不再喜欢羽彭。她想起不久之前，一位老板对自己说：“你不是名校毕业，也不是读策划专业，这工作，你怕是无法胜任。”可是后来呢？李荣浩依旧怀揣着初心做音乐，羽彭也一样，她还是继续走在旁人不认可的道路上。她还会继续走下去。等哪一天，羽彭变成了总导演之后，她一定要邀请李荣浩来参加她的节目。到时候，她会主动走上前去，又笑又哭地说：“你好，李荣浩，我是羽彭。我很喜欢你，谢谢你陪我长大，谢谢你的歌声，成为我整个青春的背景音乐。谢谢你，让我觉得不孤独，一点一点蜕变成了当下这个闪闪发亮的自己。”羽彭坚信会有那么一天。

“我也不知道自己在弹什么，就是听到什么音，再去吉他上找，到后来弹琴时间越来越久，从每天一两个小时到八九个小时，有一种走火入魔的状态。人家找我我也不出去玩了，天天闷在家里，就这样闷了好多年。”对于自己喜欢的事情，李荣浩从不知道什么叫作“厌倦”。在没有吉他教科书参考的情况下，李荣浩只能靠自学来摸索着这把终于到手的吉他。后来，他还想了一个办法，用家里仅有的录音机反复听Beyond、刘德华的磁带，再根据歌曲来扒乐谱。

李荣浩的永不止步，会永远激励着羽彭。

即便明日天寒地冻、路远马亡，就算一路坎坷、几经波折，李荣浩永远都是羽彭的能量源，是她的光。

羽彭一边哭，一边发了一条朋友圈。她写道：“再见，我的初恋，祝你幸福。永不说再见，李荣浩。我们，一定还会再见！”

抬起头，她发现窗外有一片璀璨的星空。那么，她就继续和李荣浩同步踏入美好的未来吧！

也许很累一身狼狈，也许卑微一生无为，也许永远成为不了你的光辉……

继续追，谁的光荣不是伴着眼泪，尽管叫我无名之辈。

——《无名之辈》

作词：唐汉霄
作曲：唐汉霄
演唱：李　现

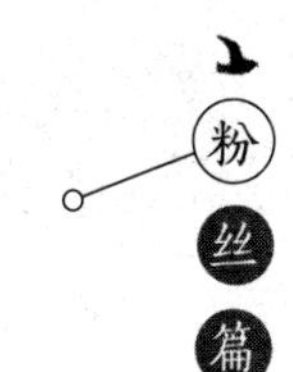

那部当时大热的剧《亲爱的，热爱的》让李现成为无数女生心中的理想男友。一时之间，我朋友圈里的无数女孩为他刷屏，连我曾经为之辅导过作文的那些男学生都在疯狂刷“韩商言”的照片。

那些男生，无非就是想成为像“韩商言”一样的游戏大神，女孩子们则想要一个“韩商言”一般的好男友。不得不感叹：李现所塑造的“韩商言”真的很成功。

但很遗憾，我错过了这班车。

当时，我正忙于一个项目策划案，即使知道有这样一部既热血又很甜的电视剧存在，也无暇去观看。差不多在《亲爱的，热爱的》爆火三个月之后吧，我在一家火锅店吃饭时，店内突然响起了一首歌，我才又一次被闺蜜强行“安利”。

“无名之辈，我是谁。忘了谁，也无所谓，谁的光荣不是伴着眼泪。”这句无比励志且具备同理心的歌词，引起了我这个“文字控”的关注，让我禁不住拿起手机查一查。

“不是吧！”馨月不可思议地看着我，“你竟然不知道这是《亲爱的，热爱的》主题曲？”

“啊？这首歌叫什么？”虽说我不是全职娱记，却也算得上娱乐圈内的半个记者。可没想到，我竟没赶上潮流，真是深感惭愧。

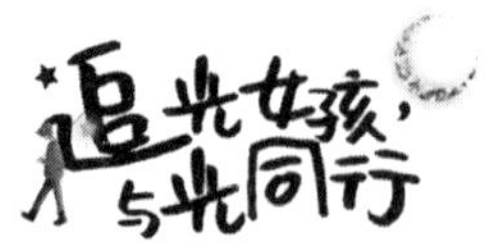

我嘀咕道：“这部剧真的那么好看吗？”

“这首歌叫《无名之辈》。”闺蜜馨月吞了一根蟹肉棒，使劲地摇着我的胳膊，连连感叹，“好看，绝对好看。我保证你看完一定会爱上韩商言，爱上李现。”

“有这么神奇？”原本，我并不信闺蜜的话。后来，我开始后悔为什么没早点儿追这部剧。毕竟三个月后，当我像个花痴一样，在朋友圈疯狂发李现的照片时，朋友们都对我发出了鄙视般的声音：你怎么才喜欢上他？

是啊！我还真是从那时才开始了解李现，才知道：原来，自己和李现很相似，我们的数学成绩都曾令人汗颜。

“我的数学才考了28分，基本全靠蒙。这个成绩令我羞愧、恐慌。”李现曾在高考中一败涂地。选择复读后，他开始考虑自己到底适合做什么，是不是原本想成为工程师的方向出了错。他冷静下来，不断地审问自己，最终得出了一个答案：我想学表演，为真正热爱的事情去拼一把。

这个决定是不折不扣的转折点，它让李现的人生发生了颠覆性的改变。

“距离高考四五个月前，我做了接近一百套试卷。全国近三年的高考卷，我全都研究了一遍。后来在高考中，数学考了百分以上。”从未接触过表演专业的李现，不仅为了高考，去参加了各种突击培训班，系统地学习了播音主持和表演等相关专业；他还努力地去攻克自己的弱项，背水一战。

他的这份“知耻后勇，奋勇直追”的心情，我完全了解。数学同样曾考过28分的我，在高考前几个月也曾乖乖地跟着家教学习，然后，最终在高考中提升了整整50分。我们是一样的人，若是某件事关系到前途和命运，哪怕再不喜欢，也一定会以“咬定青山不放

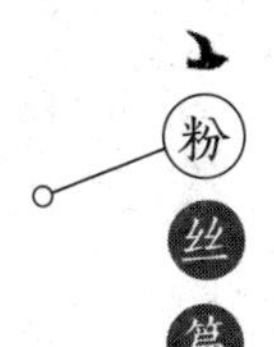

松”的韧劲去挑战它。

我们都是习惯自己跟自己对着干的人。

仅凭这点，我就非常欣赏李现。更何况，我的闺蜜馨月早就对李现“用情至深”。每一次语音聊天，远在他乡的闺蜜总是会在我们珍贵的联系时间里，大篇幅地提到李现，提到“韩商言”。

耳濡目染，我便对李现有了好感。

“你说，我什么时候才能找到像韩商言一样的男朋友呢？”李现用精湛的演技，为无数女孩勾勒出了理想型伴侣的模样，其中，就包括我的闺蜜。她已经深陷在“韩商言”的魅力中不可自拔，我只能好心提醒她：姐妹，韩商言只是剧中的人物，遇见如他一样的人，很难。但是你若想见到李现，应该很容易。

“对哦！”一语惊醒梦中人。当下的我可能只是随口一说，没想到她真的去见了李现，参加了他的某个活动。

我至今也没想明白——到底是受馨月影响，我才开始关注李现，还是馨月在我的启发下，喜欢上了李现。

这不重要。重要的是，我和馨月自幼一起长大，从未同时喜欢过同一个男生。我们还说过：“不管是昨天、今天，还是明天，我们永远都不会惦记对方所青睐的男孩。”结果，始终是我们太年轻。角色的魅力实在太大，我们通过“韩商言”去关注李现。时间久了，我们又后知后觉地发现——啊！我们都慢慢地喜欢上了李现，成了“情敌”。

馨月去了李现的线下见面会，那天我因身体不适躺在床上。馨月忙着给李现拍照，都没有时间打电话对我表示慰问。可是，她又

想对我“炫耀”一番，于是，她每拍几张照片，就忙里偷闲地给我发一条微信：看，咱现哥帅不？

这简直是明知故问！

我要保持不能输的姿态，于是，我将为杂志写好的李现人物稿提前发给了馨月，告诉她：“我去不了现场，一点儿也不羡慕，我用自己的方式支持他。”

“真的吗？你要发表现哥的文章了？”馨月给我发来一个惊讶的表情包。

我答：“当然。”

确实是真的，我没有撒谎。

李现不是没有故事的男同学，他的经历，很吸引我。

当年，李现如愿考上了北京电影学院，却并没有“飘”。他觉得自己只是掌握了应试技巧，从而幸运地被录取，但这并不意味着他可以称为“演员”。他还需要潜心学习，更需要尝试着去改变。毕竟，李现也知道自己的性格有不适合拍戏的部分。他比较闷、宅，自带一种“疏离感”，有时候，只会对自己感兴趣的事情和投缘的人主动和热情。

这一点，我和李现恰巧相反。

如果说李现更像蔚蓝的海水，那我就更像火热的太阳。可能是因为自己已经足够活泼，富有能量，我特别容易被话少、沉稳的男孩吸引。不仅如此，李现曾手写角色小传这件事，也很令我钦佩。

在一切光速发展的时代，“手写”是最古老的方式，却也最具有让人怦然心动的魔力。墨水晕染纸张，散发开来的是手写者的用心、认真和深情。想来，李现真的非常热爱拍戏这件事。

他想当一名好演员，可惜，时光没有善待他。

李现在考进北京电影学院的第二年，出演了电影《万箭穿心》。这部影片不仅被提名为东京国际电影节最佳影片，还在众口难调的豆瓣拥有着8.6的高分。口碑如此之好，便充分说明，李现的演技早已经受住了来自权威机构和普通大众的审阅。

他本应有光明的前途，倘若李现愿意接受娱乐圈那些炒作的把戏，在拍戏之外的事情上多费点心思，也不至于非要等到快30岁才火起来。

可偏偏，他不愿意。

不配合经纪公司打造人设进行宣传的李现，刚毕业时，根本没有戏拍，他生活得非常拮据，靠拍一次广告一两千元的收入在北京东五环外租了所房子，这个所谓的"家"比较破旧，充其量只能算个容身之地。最穷的时候，李现银行卡里只有38块钱，二三十个速冻水饺他还要挨个"规划"着去吃。否则，他吃了上顿，很可能下顿就要饿肚子。

为了梦想，李现活得如此狼狈。他却依然会说："我没有想过放弃，因为这是我自己的选择，我自己喜欢做的事情。"

他咬着牙，坚守着自己的初心。我被他的韧劲又一次打动，觉得自己已经不再是单纯喜欢他的长相，喜欢他的衣品，喜欢那些外在的东西。

馨月在看了我写的文章后，对李现有了全新的认知，说要为李现做点力所能及的事情，不能输给我这个"情敌"。

从见面会回去之后，馨月就开始行动——她做了李现的一些"角色混剪"视频，向路人"安利"。

有一天，她剪辑到半夜，突然跟我说，她要像李现一样，去为

自己的梦想搏一把。

馨月收拾好之前做好的宣传册，开始挨家挨户去培训机构，洽谈儿童剧的合作事宜。我不知道她在那天究竟走了多少路，受了多少白眼。我只晓得，一切似乎没有那么顺利。

“我长得很像骗子吗？为什么某些学校不信任我？”馨月对我抱怨，她有些沮丧。

固执的女孩想要自己闯出一片天，更想要一直站在舞台上表演，即便只能让孩子当观众。可命运却不偏爱她，馨月已经不止一次受挫。我知道她很难过，说再多安慰的话也无济于事。干脆，我就把那首《无名之辈》分享给了馨月。

“谁不是拼了命走到生命的结尾，也许很累一身狼狈，也许卑微一生无为。”写词的人，很懂人心。谁不是用尽全身力气去寻一个圆满呢?

当年，李现一样是铆足了劲，去追寻那一次绽放。

“那就给我十五天，让我变糙吧。”

李现好不容易有了一次试镜机会，导演却觉得他长得太过白净。不得已，李现只得给导演立下“豪言壮语”，并在之后的每一天都去操场踢球。他努力运动，还故意扛着家具，挨家挨户爬楼梯、运送，想尽一切办法，让自己符合角色的样子。

试镜那天，皮肤已经变为小麦色的李现再次亮相，让导演大吃一惊，这才得以有机会在《睡在我上铺的兄弟》这部电影里登场。

他，一如既往地倔。

小时候，李现曾胖到160斤，外号“荆州小胖”。为了瘦，李现一样付出了很多才达到了目的。李现就是一个认准某件事就会严格自律的狠人，是一个为了心中的理想，不疯魔不成活的人。

馨月自从知道了李现的这些故事，总忍不住心疼他。同时，她

铁了心要用心地生活。

馨月说："亲爱的，我先不和你一起同步'云听歌'啦。我重新振作起来，要重新去做PPT。对了，我一直想问你，你喜不喜欢韩商言那种类型的男孩子？"我盯着馨月发来的微信，笑了。

我回复她说："怎么，只能你喜欢现实中的李现，我去喜欢虚幻的韩商言吗？"

直到我写这篇文章时，馨月的业务情况也没有多少改变，她还是为了生计奔波，像大多数普通人一样。不过，有一点，她倒变了不少。馨月已经允许我对她的李现有着少女般的心动，美其名曰：我们都"粉"（喜欢）一样的人，还能帮他多增一个粉丝。

其实，真正的"死忠粉"还是馨月。

可能是因为职业的关系，我要见到各种类型的明星，要发自肺腑地为他们撰写采访稿，所以，我很难只钟情于一个偶像。

馨月不一样。放眼整个影视圈、歌手界，她只能从李现身上发现各种各样的闪光点。现如今，除了长得帅、演技好、肯努力、有韧劲，馨月时常会在我耳边念叨："我的李现，不，我们的李现特别有内涵。"

我点点头，表示知道。

不久之前，我就听一位同行说过——早些年，他们那群记者曾扛着长枪短炮追着李现跑，想记录一些大料，拿来买卖。结果，记者们跟了李现一大圈，不过就是频频叹气，一无所获。因为除了骑着电车去健身房，李现根本没有其他娱乐活动。回到家里，也是坦坦荡荡。李现家的窗户并不会被帘子严严实实地挡住。迎着阳光看

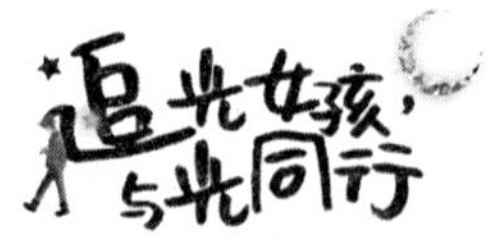

书，他会很舒服；头顶一片星空看电影，李现也会觉得很惬意。他的生活透明、单调，却很有意义。

李现不止一次在采访中说："三岛由纪夫、芥川龙之介、东野圭吾、川端康成，他们的书摞在一起，一本一本地看，通过作家笔下的人物不断地挖掘自己，我国香港、日本、韩国、好莱坞的电影一部部看，通过经典的作品间接得到思考，这是一个很有趣且会得到力量的过程。"他坦白承认：一些作家，让他对"自我"有了新的认知——人是圆的，我希望大家看到的李现是有缺陷的、有棱角的，哪怕身处阴暗。

相较过往，李现更为成熟。

他逐渐把自己打开，还热烈欢迎大家对自己的解读。这般看来，馨月的观点不对。

我想了一下，对馨月说："偶像，不只有优点。李现其实有个致命的缺点，他从不懂得转移情绪，不会发泄。在心事非常多的时候，他也想过马上退休，想回农村包一块地，远离红尘。他不够完美，即便如此，你还喜欢李现吗？"

"喜欢啊！"馨月拿起抱枕朝我丢过来，气冲冲地说，"你以为我对李现的感情那么肤浅吗？我喜欢的就是一个很立体的李现，他有自己的想法，有自己的主见，有着凡人该有的情绪。只是，我善于取长补短，只用他的优点来激励自己……"

说起李现，馨月再一次口若悬河。

估计这一辈子，我都要听她一直唠叨李现。

很荣幸，我能一直听到李现的近况，得知他的一切。毕竟，在这个过程中，我也在成长。我也是在通过一位优质的偶像，来让自己汲取养分，思想得到提升。这即是好的偶像，他总能在无意间，以自身的特征"吸引"到粉丝，也能在不经意

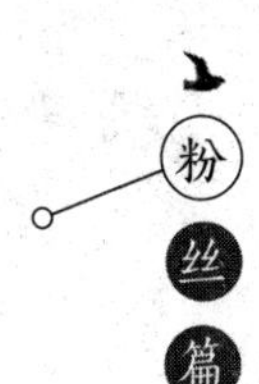

间让路人学到些什么。

感谢你，李现。

愿每个喜欢李现的女孩，都能长久地守护他，让他的光芒长久地绽放。我相信，你们能做到。

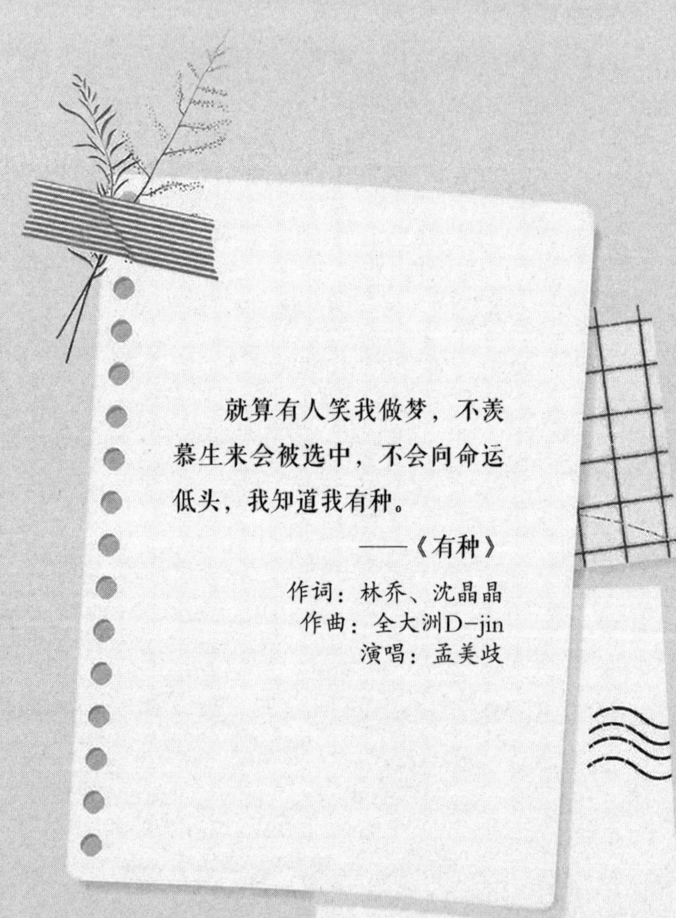

就算有人笑我做梦，不羡慕生来会被选中，不会向命运低头，我知道我有种。

——《有种》

作词：林乔、沈晶晶
作曲：全大洲D-jin
演唱：孟美岐

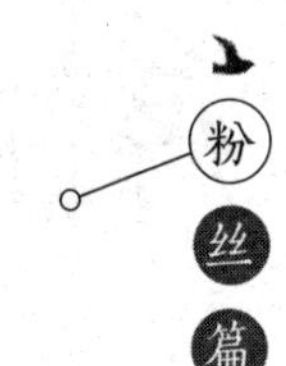

前不久，菲儿曾参加过当地电视台的比赛，不仅属于“一轮游”的状态，而且没什么镜头。她倒没有为此闷闷不乐，自幼就喜欢唱歌、跳舞的她，想要出道的野心并没有那么强烈。她觉得只要能站在舞台上挥洒汗水就是很知足的事情，哪怕只有一瞬。

“前程若是能把握住，我就当成是上天给予自己的奖励。若是一辈子我都只能当个‘追梦者’，倒也无所谓。”这份乐观，是孟美岐教会她的——菲儿很喜欢孟美岐唱的《有种》，尤其是那句歌词：“落败都比懦弱光荣，就算是错，也是我的梦，至少为自己感动，我知道我有种。”她和“山支大哥”有着相同的观点，她们都认为，很多事，失败并不可怕，怕的是你都不敢去尝试。

遥想当年，孟美岐就是秉承着这个观点，远赴国外当练习生。孟美岐的爸爸曾对她说：“你去当练习生肯定会很累，很辛苦，但是你自己选的路就得自己走，坚持走完。”孟美岐把父亲的话记在心里。她带着一颗对“梦想”的赤子之心，踏上了一条很有可能会失败的路。

可怕什么呢？就算最后满身是伤，至少她曾为之奋斗，这难道不是光荣的事情吗？

孟美岐态度坚决。

有人为此这般评价她："纠结，是孟美岐身上最具'天秤座'的特质；而迄今为止，她做过的最不纠结的决定，是去国外当练习生。"大家都很认可孟美岐的这份"勇敢"，菲儿也一直把"山支大哥"当成自己的榜样。

菲儿感叹："我也当过几年练习生，说不辛苦是假的。"她和孟美岐一样，曾经只要放了学就会直奔练功房，练习近五个小时的舞蹈。至于周末，她们更是哪儿都不去，一直从早晨练习到晚上。

如果说孟美岐是把练功房当作自己的家，那么，菲儿也曾把它当作自己的卧室。她们都曾为了自己的梦想深深扎根于此，只不过，孟美岐最终一举夺冠，站在了宝殿之上，菲儿的运气较差，并未如愿。

回想起自己的落败，菲儿很坦诚地说道："又或者，是我的实力差吧。"她能正视自己的不足，这一点，也很像孟美岐。

那时候，孟美岐在经历了几年蛰伏、当了几年练习生之后，与程潇、吴宣仪一同以宇宙少女成员的身份出道。她有了登台的机会，却并不意味着大红。在美女如云、"高手过招"的女团里，孟美岐仍然是一个"边缘人"。不管是拍照，还是走位，孟美岐都是最边上的那个，甚至在录制组合单曲时，孟美岐只被分到了6秒的镜头。

孟美岐说："我在韩国时，从未收到过专属于自己的应援手幅，只能把粉丝送给团队的应援手幅挂在床头。"当事人如此轻描淡写地谈及从前，那是因为她早就接受了这个现实。

孟美岐正面应对自己的"不够红"，她更加努力地练习。2018年，孟美岐凭借出色的舞蹈技能，拿出了《创造101》赛场上的第一个经典舞台表演《撑腰》，她由此被看到、被认可，进而获得了成功。

孟美岐开始跑得飞快，菲儿根本追不上“山支大哥”的步伐。但是，菲儿一直用孟美岐不怕失败的故事来激励自己，试图在各个方面都保持斗志，敢于尝试。

“比赛失败后，我着手准备公务员考试。”菲儿喃喃自语道。她最大的优点是想得开，不会非要撞南墙。

菲儿很认真地考虑了一下未来的发展之路，她说：“尽管我是真的很想当唱跳歌手，可如果确实有人比我更适合这份职业，那我就要做到愿赌服输。而且，我喜欢孟美岐，没必要非要复制她的成功才算得上合格的粉丝吧。我想，‘山支大哥’也是希望我这个小粉丝能活出自己的样子，拥有独一无二的人生。”

她暂且把“唱跳歌手”的梦想放下，另辟蹊径。纵然，公务员考试这条路同样很难走，也需万里挑一，菲儿却还是决定去挑战一番。拥有好心态的她，给了自己五次机会，去参加各种考试。每一次因为温书，她感到有压力时，菲儿就会爬到山顶大声唱孟美岐的《有种》。

“敢不敢，鼓起奋勇，say come on，就跟我走”，孟美岐的rap，让菲儿时常感到热血沸腾，她情不自禁地就会跟着孟美岐走。

走去哪儿?

孟美岐曾经说过：“我并不觉得自己悲惨。那时候我每次练到深夜，心想我今天又努力了，我的动作和表情都比昨天更好了，而明天，我又能有新的提升。这是一种很纯粹的充实感，因为我们的人生有很多让你拿第一名的比赛，但能够为第一名做准备，可以贯穿在生命中的每分每秒。”菲儿以此告诉自己：往前走，若是能走至“成功”面前固然很好。若是不能，至少她为了能够“成功”，往前走过。她不像很多朋友，一旦到了某个年龄就安于现状，就特别害怕失败，从而不再努力。

菲儿简直是屡战屡败，屡败屡战。直到第五次，她给自己的期限已到，却还是没有成功，菲儿这才放弃。她说：“努力过的放弃，不是懦弱，是明智。不曾努力直接选择放弃，那才是没种。”菲儿又一次哼唱起了《有种》这首歌：“多少人生来就被选中，但他们不懂得奋斗。”

她笑称自己是个“倒霉”孩子——没有天赋，只能拼努力。但不知道是努力的方向不对，还是有人比她更努力，反正，她次次都不是天选之子，总是会名落孙山。说不难过，实属谎话。凡是我们投入了时间和精力的事情，肯定都想求个回报，菲儿也不例外。

唯一庆幸的是，她都是在拼尽全力后放手，于是，从未有遗憾。

“对待感情，我的态度也是该争取就争取，绝不能让自己后悔。”菲儿坦白承认，她在大学时，曾勇敢追求过一个男生。为保护隐私，她跟我说，暂且叫他小A吧。

那个男生的长相算不上帅，但他浑身散发着一种沉稳的魅力。而每一次，当他作为学生代表站在主席团中发言时，那份优秀总是能引来其他女孩的侧目。

每个少女的心思都像一个巨大的娃娃机，隔着玻璃，大家都只想得到他。然而，不是每个女孩都能像菲儿那般“豁”得出去。

大多数女孩都为了保全自己的自尊心，选择默默喜欢小A。

菲儿不一样。

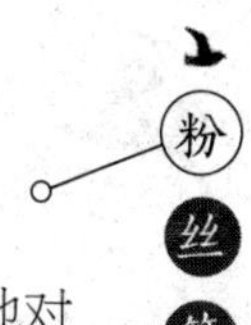

既然她无法克制对小A的心动，索性，菲儿就正大光明地对他好。

“我的‘山支大哥’曾说过，因为有来自内心的热爱，你还有机会去坚持你的热爱，这是多么大的荣幸啊！”孟美岐原本是用这话来形容自己的梦想。菲儿思维比较跳跃，她觉得此话同样适用于自己的感情。

毕竟，在物欲横流的当下，自己还能保有一份纯真的心动并且为之去“搏一把”，这又是何等的荣幸啊！至少，这意味着菲儿还有爱的能力，有爱的勇气。她没有被上天剥夺喜欢一个人的感觉，还能疯狂一次。

那为何要思来想去，不敢往前“冲”呢?

菲儿再一次选择了“横冲直撞”，哪怕失败，她也不要面对小A开不了口。

她主动靠近过小A，尝试着与他沟通，关心他、理解他，慢慢地让自己从普通同学上升至好朋友。为了让小A能对自己萌生好感，甚至，菲儿主动加入了由他担任社长的文学社。那一年，菲儿的写作能力大大提升，她读了很多书，把小A写进了故事里、诗里，甚至写进了歌词里，菲儿对他的感情如此明目张胆，如此热烈澎湃。

只可惜，生活不是偶像剧，不是每一份付出都能收获圆满的结果。菲儿对小A说的“我喜欢你”并未得到对等的回应。

回想起自己的单恋，菲儿很洒脱地说道：“美岐参加《创造101》，收获了第一名，收获了100位好朋友，她还发现了一个不一样的自己。我在喜欢小A的过程中，没有收获到他的回应，无法和同时喜欢他的女孩一起努力，但是，我也发现了一个不一样的自己。”菲儿展示了一下自己在那段时间所获得的证书，演讲比赛、

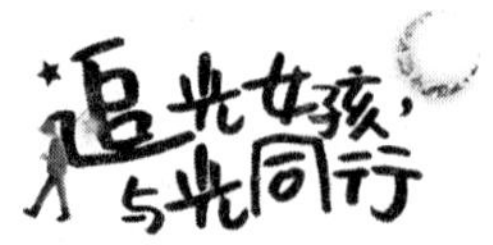

辩论赛、征文比赛……每一个活动，她都是追随着小A的背影而去参加，即使最后，菲儿并没有挽着小A的胳膊一起去接受表彰，可她已经在不知不觉中遇见了最好的自己。

“我没觉得女孩在面对爱情时必须矜持。那段时间，我大大方方地喜欢小A，很多人不理解，她们总喜欢在我背后窃窃私语。她们还不是因为不敢靠近小A，担心会被拒绝，都不去尝试吗？”菲儿忍不住感叹：过程才是生命，两端都是死亡，爱情是同理的。喜欢一个人，若没勇气告白，那会把自己“憋死”；喜欢一个人，大胆地告诉他，很可能会被拒绝，会为此而“痛死”。与其这样，至少让过程灿烂过，再去一腔孤勇，壮烈牺牲吧。

菲儿很酷地笑了起来，她再次想起了孟美岐唱的《有种》，还很热情地把它推荐给周边没听过这首歌的朋友。

“琦惠姐，你喜欢这首歌吗？”菲儿忍不住问我。

坦白地说，我之前“追”《创造101》时，喜欢的并不是孟美岐。后来，我之所以注意到她，是因为一位朋友看了《星空演讲》的现场，跟我说：“孟美岐的演讲非常感人，我在现场都听哭了，等播出你一定要看看。”后来那期节目播出后，她直接发来了视频，还特别叮嘱：“你看完后，我们讨论一下。”

碍于朋友的“安利”，加之实在是好奇孟美岐究竟说了什么感动了她，我这才看了那期视频。完全出乎意料，我竟被孟美岐的那番言论“圈粉”。

孟美岐说：“如果非要让我传递什么理念的话，我想就是这一点吧——不管你是喜欢唱歌、跳舞，还是喜欢写字、画画，又或者你只是喜欢每天发发呆，坐着数天上有多少朵云；不管你喜欢的是

别人看起来多么无聊的事情，你用认真、勤奋、踏实的态度去对待它，你都可以把这件事变得非常‘有聊’。”她的这句话，深深地打动了我。

作为一名写作者，我一直笃信“天道酬勤”。孟美岐的观点与我不谋而合，自然，我便对她有了一丝改观。我开始思索是不是自己太主观，不够了解这个女孩，最初对她的认识只是会跳舞罢了。后来，又是一个契机，让我对孟美岐彻底改观。

当时，我正在参选当地五四青年奖章的评选。我并不知道自己是否能在近三百人中脱颖而出，接受表彰，只能抱着试一试的态度去报名。在给评选方发简历那天，我正好看到了一个关于“中国好青年”的视频，背景音乐用的就是菲儿推荐给我的这首《有种》。

“对世界、对自我失望过；回避过、放弃过、遗憾过，现在的我不想再闪躲，就算有人笑我做梦。不羡慕生来会被选中，不会向命运低头。”这段歌词，瞬间让我热泪盈眶。

在写作这条路上，我必然也曾失望过，想过放弃。记得当时不止一个人对我说：写散文、写采访稿，你永远不会有出路，永远不会有出版社为你出书。

或许出于好意，又或是讽刺，大家的话多少会影响我。有一段时间，我都产生了自我怀疑，时常会问自己：这么写下去，真的会有出路吗？我的这份倔强真的值得吗？

直至，我无意间听到了这首歌，仿佛一切才有了答案——

很值得。

包括我去参加五四青年奖章的评选，最后，只获得了提名奖，我也觉得这件事同样值得去做。人生漫长，并非每次投篮都能命中。但亲爱的女孩，你们不要忘记：篮球曾划出的弧度，本身就是一种意义。

敢于尝试，永远胜过懦弱地不敢出手；能追求自己所爱，失败也骄傲。我想，孟美岐唱《有种》时，一定也是这么想的。她唱得那么铿锵有力，那么果断坚定，唱的都是自己昔日的心情和我的心境。那我似乎没什么理由不去喜欢这首歌及这首歌的演唱者。好的歌手，好的作品，理应得到肯定。

我把《有种》这首歌设置为“我的最爱”，还对菲儿说：“你喜欢的山支大哥，值得你喜欢。愿你像她一样，一直愿意乘风破浪，勇往直前。”

5

现如今，菲儿还是那个“倒霉孩子”，她还没有取得世俗意义上的成功，正在一家培训机构教小朋友跳舞。她的爱情，同样没有因为一腔孤勇就开花结果。

没有像热血漫画里的女主人公一样让人生逆风翻盘，菲儿依然像往常一样“向阳而生”。她把美岐讲的那句“是金子总会发光”写在了日记本的首页。她想起之前有一次去看公演，同行的女孩在见到“山支大哥”时，激动得落泪。她们大喊“孟美岐”的名字，为她鼓掌。

菲儿望着这一切，发自内心地微笑。

她很感激命运终于看到“山支大哥”的努力和优秀，让她闪闪发光。她还感激命运让自己在那么多偶像中，发现了孟美岐这个“宝藏女孩”。在喜欢孟美岐的过程中，菲儿没有像其他女孩那般，最终，能和自己的榜样同台竞技或是为了她去成就一番事业。

菲儿还是菲儿，是那个“倒霉孩子”，是那个努力了都不见得会成功的女孩。

没关系，人生百态，每个人都有存在的意义和使命。或许，菲

儿注定要抒写“失败也比懦弱光荣”的故事，她就是要以另一个维度来告诉大家：别怕，去梦吧，去爱吧。我们一路跌跌撞撞，满身是伤，它们都是勋章。

生命如此，生猛如此。人生如棋，未到终局，焉知生死？那我们就先奋斗、先努力，再去考虑失败的事情。更何况，失败一样光荣。

“我知道，我有种。”孟美岐还在唱，菲儿还在爱，我也还在往前跑。

我们都会为了奋勇直前的自己拼命鼓掌。愿你们，也为了我们的永不服输，为了我们的斗志，为了我们的这份力量，狠狠点赞。

感谢美岐，让拥有梦想的孩子学会了坚硬。

“你好，孟美岐。”你有没有看到你的粉丝菲儿，正用你的姿态，继续翱翔在她所喜爱的天空？

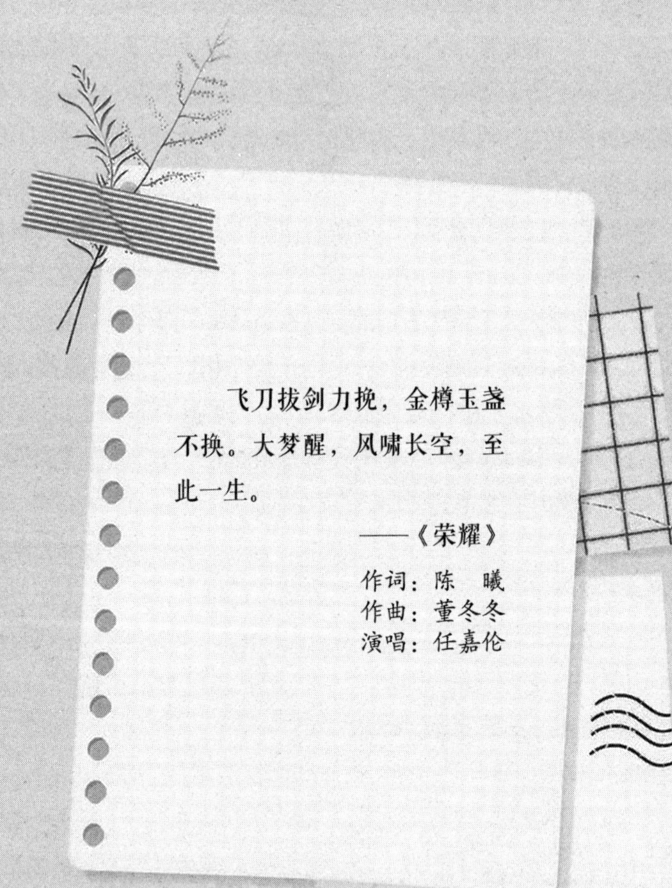

飞刀拔剑力挽，金樽玉盏不换。大梦醒，风啸长空，至此一生。

——《荣耀》

作词：陈　曦
作曲：董冬冬
演唱：任嘉伦

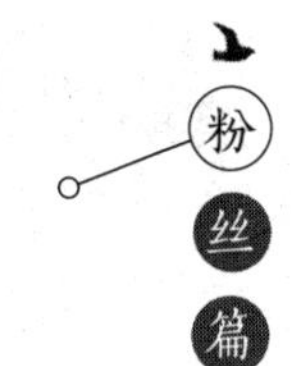

任嘉伦
——你猜勇敢有多难

阿萌再见到江川的那天，刚好是任嘉伦公布婚讯的日子。

当时，母校举办校庆，江川以优秀毕业生代表的身份被邀请回校发言。

非常巧，阿萌的杂志社特派她去现场报道，顺便采访一下这位当年的高考状元，现如今在金融领域冉冉升起的新星。

从拿到采访大纲时，阿萌就想了用各种理由来推托这件事，她甚至谎称自己肚子痛去不了。没想到，领导还是对她说："阿萌，你对母校比较熟悉，江川又是你的同级同学，为了工作你就先吃片药，忍一忍。之后，我再多给你批几天年假。"

主编亲自出马，阿萌考虑了一下自己来之不易的工作，便无力再挣扎。

她叹了口气，安慰自己说：你可以当个敬业、专业的记者，可以坦然面对那些人。

阿萌已经做好了心理建设。

当然，毫无意外地，再见到江川时，阿萌也再次成了人群的焦点。

同去参加校庆的同学在她的身后指指点点，她能猜到大家在说什么，无非是"阿萌也来，她难道还妄想和江川在一起吗""当年

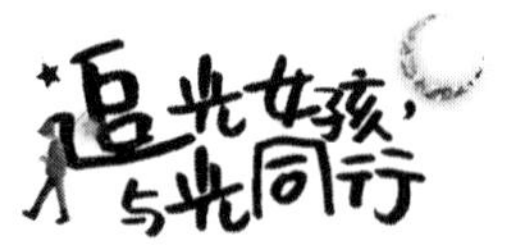

她追着江川跑，人家压根不理她”……

自从遇到江川，流言蜚语便化为滔滔大江。

无暇顾及这些，阿萌抓紧调好设备，开始了自己的采访工作。她特意等到晚宴开始后才走至他的身边，想尽可能低调一些。结果，江川又用一句话“点燃”了全场。

“请问，江先生，您在学生时代有没有什么遗憾的事情？”阿萌真是佩服编辑部里大家那八卦的灵魂，她耐着性子问。

“有些事，还没开始就结束了，我很难过。”江川回答。

“那方便说具体一点吗？”阿萌发挥了记者精神，继续追问道。

“不方便，你知道。”话音刚落，大家就齐刷刷看向阿萌，好奇的他们试图从当事人口中知道些什么。还好，这时阿萌的同事孔心心“冲”了出来，救她于火水。

孔心心在阿萌的耳边嘀咕了一会儿，紧接着就听到一声高呼：“什么？任嘉伦结婚了？”她惊得瞪大了双眼。

结果麦没关，现场的人都听到了这句话。

于她的记者身份而言，这样的采访事故是不专业的表现，她站起来连连道歉，也不知道是因为与江川的重逢，还是偶像结婚给予她的冲击。

孔心心看她不在状态，提议接过采访，让她先去休息。

阿萌点点头，一路狂踩油门，风风火火地返回杂志社，点开了前两天刚刚为任嘉伦策划的专题栏目，重新改动起来。

“国超真的很有担当，正当红时竟敢直接升级为奶爸。”任国超，是任嘉伦的本名。

她一边敲键盘，一边感叹，快速地运转大脑，再次构思整篇文章的框架。

一阵奋笔疾书，阿萌累得有些头痛，戴上耳机，开始听《荣耀》这首歌，试图让自己放松下来。可伴随着任嘉伦万般深情的声音，尤其是听到那句“万千荣宠惊慕，恩重情浓，太匆匆。飞刀拔剑力挽，金樽玉盏不换”，阿萌又忽然想起刚刚江川所说的话。

“有些事，还没开始就结束了，我很难过。”她默默地想：任嘉伦一定懂得，人这一生，财富、权力和功名都不过是过眼云烟，唯有珍惜眼前景、心中人才是最重要的。

于是，他哪怕舍了跑马圈地的机会，也要给自己喜欢的女孩安全感。

可惜，江川不懂，他永远都不懂。

孔心心第二天出现在办公室时，忍不住念叨：“大八卦，你们猜当我问江川见到了那么多老同学，有没有特别想见到的人时，他是怎么回答的？”

“怎么回答的？”

当又帅又聪明，单身还富裕的江川打算回家乡和朋友合伙开公司后，编辑部和他差不多年纪的女孩就变得格外异样，她们总是会时时刻刻地关注着这位在学生时期就叱咤风云的男孩子，试图多了解他一些。

除了阿萌。

阿萌专心致志地写着任嘉伦的稿子，她写道：“同很多人一样，我是通过《大唐荣耀》才认识你。曾有网友评价你的角色说——王爷乍见之下怒不可遏，惊愕之余，力持镇定；怒极反笑，计上心头，眼见一道寒光。大众的说法，十分客观，毫不夸大。

如果一个路人能对你的演技表示高度认可，我想，从世俗的层面来看，任嘉伦，你是真的火了。”

阿萌没有撒谎。

她确实是因为《大唐荣耀》开始关注任嘉伦的。那时候，她就像个“花痴”，天天追剧。

每天晚上，阿萌会准点“拽”上父母陪同自己看“李俶”。

她会跟随着任嘉伦的情绪，或哭或笑。

某一天，阿萌还专门找娱乐圈的朋友打听了一些关于任嘉伦的事情，才知道，他曾是一名国家队的乒乓球运动员。

有人说，任嘉伦啊，他的运气是有点“背”。

2005年，任嘉伦最后一次身穿鲁能球服。那天，他站在乒乓球桌前“滑步、侧身、斜拉、弧圈”，一气呵成，又在放下球拍的一刹那眼圈泛红。

作为一名立志登上奥运会舞台的国球运动员，他的腰伤让梦想彻底破灭，是个“倒霉孩子”。

有段时间，只要瞧见小师弟们站在板凳上练习接球、发球，他便会凝神、静默。

后来，任嘉伦也认清了现实，知道不再可能实现“世界冠军”的梦想，便选择了停止内耗、重新起航。如果没记错，他应该是在18岁时，开始去机场推车、当地勤吧。

很不容易，一个优秀的男孩子，要在瞬间接受自己的普通，去过平凡的生活，是需要很大勇气的。

朋友们对任嘉伦赞不绝口，阿萌拿出随身携带的笔记本，一点一点地记录。

从那时起，她就打算为任嘉伦做个专版专栏，试图以自己的方式帮这个脚踏实地的男孩子多争取一些表达自我的机会，让越来越

多的人看到他、喜欢他。

真好！

她终于有机会为任嘉伦做些什么，阿萌开心地伸了个懒腰。

她起身打算去休息室冲杯咖啡，再回来继续写作。

但她刚站起来就被孔心心“摁”在了座位上，与此同时，阿萌还被强行告知——

“江川说，他见到了非常想见的人，可惜没说什么话，她就走了。”孔心心故意对阿萌挑了挑眉。

阿萌假装什么都不懂的样子，对孔心心说：“你眉毛不会是出了什么毛病吧？你还是赶紧去医院吧。”

不用想也知道，生病的还真不是孔心心，她每天能吃能喝，还能睡。

倒是阿萌，从她知道要采访江川那天起，就陷入了失眠，患上了“矫情病”。

为了让自己开心一点，不要再去想那些乱七八糟的事情，阿萌又一次掏出了自己曾记录任嘉伦点滴生活的笔记本。

“在这个树洞里，大家能发现任嘉伦在不同时期的各种故事——那个在学生时代暗恋一个女生的他；那个在工作初始，疯狂喜欢薛之谦的他；那个在入行不久还留着怪异发型，却喜怒都形于色、活得蓬勃热烈的他；那个像是‘感情高手’，却总会令人觉得亲近的他……每一个率性又平凡的他，全都可以通过他博客里的只言片语一览无余。”

阿萌一看到自己为任嘉伦写过的话，就笑得合不拢嘴。想当

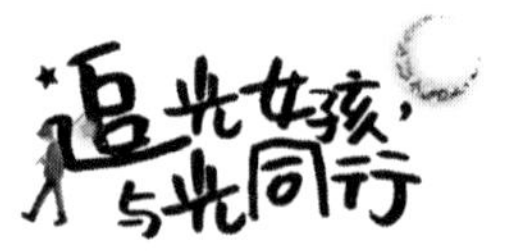

初，阿萌知道任嘉伦在学生时代的博客叫“耀希Prince”时，笑得肚子痛。

太可爱，太有趣了。她是发自内心地喜欢着这个简单、纯真的大男孩，也唯有任嘉伦能给予她力量，让她在想起过往时没有那么难过。

毕竟，回忆过去真的是一件很可怕的事情。

特别是，阿萌还因江川经历过各种语言暴力——被女同学狠狠地排挤过，她曾深陷在舆论的沼泽不能自拔。可偏偏，江川就在此时选择了疏远她。

阿萌还记得江川对自己的质问，他冷冷地说：“你为什么要对外宣称我在追你呢？你为什么要骗我，当个两面派呢？我们明明就是很自然地认识，不是吗？而且，我们什么都没开始就已经结束了。”

那天，积雪正在太阳的照耀下慢慢融化。阿萌和江川之间的信任也随之彻底瓦解。

阿萌使劲克制着自己，不让眼泪落下来，她问江川：“这么结束，你难过吗？”

江川眼圈泛红，两个人四目相对，阿萌却突然笑了。

多搞笑啊！要是真的那么难过，江川怎么转身就和“女学霸”薇薇一同走进食堂？

可能，年少的感情就是很易变吧？哪怕那个男生曾在争吵过后，苦苦等着阿萌现身，向她道歉；哪怕那个男生曾经宁可被叫家长，对外宣称“自己就是沉迷打球才从级部第一的宝座上跌落”，也要一步一步地靠近阿萌；哪怕那个男生曾在其他女同学对阿萌冷嘲热讽时，把她护在身后……可他始终没对阿萌说出那句“我喜欢你”，于是，这份感情，他可以完全不负责任地再转

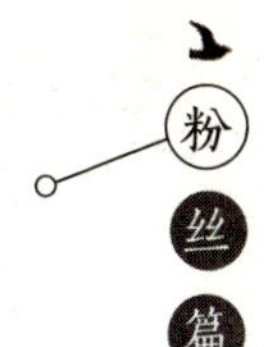

移到其他女孩身上。

更何况，在学生时代，江川还为自己找到了另一个绝佳的借口来搪塞对阿萌的伤害。他说："我想要好好学习，想要好的前途。所以，阿萌，你别再靠近我。"他的拒绝很快就被薇薇传遍了整个学校，从那之后，同学们总是会对阿萌冷嘲热讽。

你看，像任嘉伦那种耀眼、专一且知道保护女孩的好男生，真的不多呢。

阿萌抱着贴着任嘉伦照片的笔记本，忍不住哭了起来。但很快，她就擦了擦眼泪，重新振作。

"任嘉伦在作为'Leader国超'出道后，却几乎处于被雪藏的状态，没多久组合也被解散。

不得已，他只好重新回国拍戏，拍摄的第一部电视剧因为资金问题不了了之。

屋漏偏逢连夜雨，在这时候，他最亲爱的奶奶还去世了。"阿萌打开电脑，继续修改关于任嘉伦的稿子，她写道：谁将声震天下，必自长久缄默。

她知道任嘉伦一路走来是多么不容易，知道他的坚强、无畏，阿萌告诉自己：我们国超历经坎坷才终于变成今时今日的任嘉伦。沿途荆棘，他都能勇敢应对。我不过就是曾被一个人狠狠丢下还承受了一些眼光耳语，这真的不算什么。

校庆过后的两年里，阿萌都很完美地避开了江川。反正当年他们不同班，同学聚会又不用一起参加；孔心心虽是他们的共同好友，那自然她是站在阿萌这边，不会轻易地让他们碰面；至于工作方面不得不合作的事情，自从杂志社新进了后辈，阿萌也可以放心

地交给他们去做。直至第三年，阿萌受邀回校给学弟、学妹传授写作经验，她才再一次和江川相遇。

那天，是学校文学社成立三十周年的日子，已经拥有出版作品的阿萌，回校交流相关经验。她去后台补妆时，不小心把记者证落在了桌上。等她和校领导打招呼之后，阿萌才想起来。可再返回化妆间，阿萌却怎么也找不到自己的记者证。

“你是在找它吗？”江川突然拿着阿萌的记者证，在她面前晃了晃。紧接着，他从卡牌里抽出任嘉伦的照片，好奇地问：“阿萌，这么大了，你还追星呢？”

“嗯。”阿萌轻声应答，一把将记者证抓过来，并不想和江川有过多交流。

但对面的人，似乎有很多话想说。

“我很好奇，你们这种追星女孩都是一种什么样的心态呢？而且，我看照片上的人，长得有点……缺少阳刚之气。”

江川说得很委婉，但是，阿萌依然听懂了他的意思。阿萌不打算多说什么，反正，说了，江川也不懂。

江川真的不会懂。他不会懂，阿萌所喜欢的任嘉伦是真的很有担当。

在一次次选秀节目中落败时，任嘉伦从没有放弃对舞台的热情与追逐。在大多数人的反对声中，他前往韩国当练习生。众所周知，韩国娱乐公司的体制向来苛刻，为了培养“未来之星”，那些高层人员总会制定一些惊人的规定：不准用手机，不准见探望的家人和朋友、不准吃饱……在那段枯燥、难熬的岁月里，他就抱着一种学习的态度，让自己更专业、更充实一些，不要妄想太多。

他不会懂，阿萌所喜欢的任嘉伦是真的很成熟。

任嘉伦说过：“只要有所成长，我就很高兴。”很多事情，他

虽然不能胜券在握，却依然会努力地尝试。

自从冠军梦和歌手梦破灭，任嘉伦转型成为演员后，拍戏时，他从不窝在宾馆休息。他喜欢搬一只板凳，坐在镜头前，看看别的演员怎么演。在表演这件事上，他一点一点地磨砺，才终于拥有精湛的演技。

他不会懂，阿萌所喜欢的任嘉伦是真的懂事。

“家里不让哭，一哭我爸就打我。”任嘉伦至今都清楚地记得：5岁那年，他总接不到教练打过来的球，实在是沮丧，便回到家痛哭流涕。结果，父亲非但不安慰他，反而一边揍他，一边说：“男人哭什么哭？这点事都受不了。”从那之后，任嘉伦就知道了任何事都要自己扛，要为家人多分担一点。

他不会懂，阿萌所喜欢的任嘉伦是多么专一。

任嘉伦的太太与他相恋五年，在他爆红时，任嘉伦去和她领了证。他没躲、没藏，让自己的感情和生活曝光在阳光下。同样，他在更红了之后，也没有变心，没有任何绯闻。他专一地爱着一个人，在这个什么都易变的年代。

他不会懂，江川永远不懂阿萌。

正如那天，江川对阿萌说：“时间过去那么久了，学生时代年少无知，对许多事情，你何必耿耿于怀？阿萌，有些心病，你要自己医治。”阿萌都不知道是该笑还是该哭。

江川想让她怎样医治自己呢？

假设他也经历过被女生堵在班门口，骂“不知廉耻”“没有自知之明”；假设他也经历过被薇薇故意告知“我和江川一起庆祝了生日，我们还打算将来一起读研”；假设他也经历了一个人偷偷躲起来哭，结果迷了路，让父母着急；假设他还经历时隔多年仍被那些女孩追着问“你究竟知不知道江川在哪里”时，她仍被她们看作一个病态的追求者。不知道，江川能不能自愈？

阿萌没有接江川递过来的水，她整理了一下衣服，径直走向讲台。

“关于写作，我的经验就是，一定要先热爱它，再为了它，多钻研、多思考、多动笔。”阿萌站在台上自信地笑，她已经不再是当年那个被几个女孩骂两句便会妄自菲薄的女孩。

经过这些年的努力，她因写作遇到了一个更好的自己。

她站在聚光灯下，熠熠生辉。

孔心心看着她，一直激动地落泪。台下的学生，则是有着诸多好奇，他们问了阿萌很多问题。

其中有一个人问：“学姐，你现在有喜欢的人吗？你写故事时，他会给你灵感吗？”

阿萌的脸“唰”地就红了，有些老同学齐刷刷地看向江川，阿萌却不好意思地挠挠头，说：“有喜欢的人啊，他叫任嘉伦，是我非常喜欢的演员。他总能给我力量，给我很多灵感。最近，他主演的《秋蝉》大家看了吗？”

“看了！”提起任嘉伦，许多女孩都禁不住欢呼起来，喊着“同一个世界，同一个偶像”，她们跳动着，使劲摆手，示意阿萌多说一些关于任嘉伦的事情。

“我从没有想过，你会成为我生命中最重要的人，你就是我的太阳，我必须让自己的太阳在一个足够安全的地方发热。你答应过我，我相信你也一定可以做到，在任何一个没有我的地方，你都会坚持自己的理想，好好生活。这是《秋蝉》里叶冲写给何樱的信，我非常喜欢。任嘉伦是我的偶像，也是我的太阳。我和我的太阳都

在用心地好好生活。感谢在那些我流泪的日子里，太阳曾照耀了我。”阿萌点点头，她继续说道，“我也希望，你们喜欢的偶像是一轮太阳，永远带你们走向光明。”

说完这话，阿萌站在台上深深地鞠躬，对那些给自己鼓掌的人表示感谢。随后，她把记者证摘下来，紧紧地握在了手里。

江川懂不懂她，已经无所谓。重要的是，阿萌明白，若是把很多话讲给任嘉伦听，他一定懂自己。这就是偶像和粉丝间，隔着时空也存在的默契，他们一直在同步成长。

蝴蝶飞过了山岗，去寻找那点微弱的光亮，故事不能停在这第七章，写下去才知道梦有多长。

——《十七》

作词：王　源
作曲：王　源
演唱：王　源

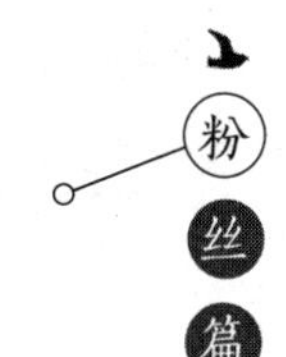

王源
——有个“薄荷音”男孩告诉我，梦有多长

有人说：“17岁是最好的年龄，它不像16岁那样，还有一些稚嫩；又不像18岁那样，担负着很多责任。17岁，是一个我们可以把控的年龄。”当然，也有例外，比如林心心的17岁。它就像是失控的列车，载着林心心冲着“死神”狂奔过去——17岁生日前，林心心被确诊患了重病。

她在看到病理报告及高昂的医药费之后，确实想过放弃治疗。后来，是父母的苦苦哀求，才使林心心改变了主意，最终决定住院。

可也是从她入住医院的那天起，就变成了“哑巴”。她整日坐在床上，望着窗外飞来飞去的鸟，保持沉默。她不哭，不闹，脸上没有任何表情。行尸走肉一般地活着，其实，还是变相的“求死”。

“心心，你有喜欢听的歌吗？”某天，一位护士小姐姐尝试着与林心心沟通，试探性地问了问。可谁都没想到，就在护士小姐姐拿着血压计准备出门时，林心心突然开口说话。

“《十七》……”《十七》是王源的歌。

林心心至今都记得在自己讲话的那一刻，父母忍不住掉眼泪的画面，再回忆起这段过往，她深感愧疚，也有无限感慨。

"自从生病之后，我真的很怕死亡。我担心就像这首歌里唱的那样，回头望的时候，遗落了山川和海洋，留下了诸多遗憾。17岁生日那天，护士姐姐实现了我的愿望，特意为我播放了这首歌。我听着听着就泪流满面……我知道，要是进行了造血干细胞移植手术，我的眼角膜就会严重溃疡。到时候，我不仅不能再哭，连看歌词都会变成奢侈的事情。于是，那天我用已经被针头刺得'千疮百孔'的手，一遍又一遍地抄写《十七》的歌词。我希望自己能像王源一样，让17岁充满勇气和力量，能珍惜有限的时间。"她这样对我说。

时间嘀嘀嗒嗒，又是一年，像长了脚的妖怪，跑得飞快。可是，这个妖怪并未带走林心心的记忆，她仍旧记得特殊的17岁不美好，不可控，也不绚烂。唯一庆幸的是，最难熬的日子里，林心心曾从这首歌里得到过安慰和启示。所以，即便在此之前，林心心对王源知之甚少，她还是对他心怀感激。她感谢王源没有被流言蜚语打倒，始终保持着一颗初心，热爱音乐，还把成长的感悟写进《十七》这首歌。她感谢他一直咬牙坚持，从一个跳舞"小白"，一点一点拉开筋，承受着疼痛去蜕变。

她更感激王源，不曾想过放弃，从未止步。

王源唱："故事不能停在这第七章，写下去才知道梦有多长。"林心心为此感动，反思自我。

痛定思痛，最终，林心心做了一个了不起的决定：她要很努力、很努力地活下去，而且，要成为很棒的作家。

自从有了这个念头，林心心开始积极地接受各种检查治疗。因药物反应，她常常痛到不能呼吸，无法专心学习。每每这时，林心

心就让父母为自己朗读文章。

她指着一沓A4纸说："我这个病必须无菌治疗，图书馆的书细菌太多，根本无法带进病房。不得已，我的父母就提前打印好一些资料，事先预习，再为我背诵。"说到这儿，林心心有点儿哽咽。

现如今，她的情况已经有所好转，至少可以自己看书读报。她抽出一张纸，说："自从知道我喜欢王源后，我的父母还特意打印了一些他写的专栏。有一天，他们为我默背了一段话，虽然与原文有很大出入，但我记住了几个关键词，明月、欢喜和美梦，它们的意境好美啊！"林心心微微笑了笑，并没有埋怨父母传述的内容不准确。

相反，她还从这几个词语里得到了鼓舞。她想快点儿康复，去感受王源在文章里描述的一切。比如王源描述的孤独时刻为什么是"演唱会结束后看到漫天礼花"，最希望拥有的时光又为什么是"天气晴好的早上在窗台边看着书"，在那些鲜为人知的角落，我们又为何既沸腾也喑哑……林心心真的都很想去体会。而为了更多、更快地了解王源，没多久，林心心主动要求把"每日朗读者"更换为自己的妹妹。

"我是通过自己的妹妹才知道——原来，王源真的是一个很有想法的男生。他在高中毕业后，选择了去伯克利学流行音乐。这对艺人来说，真的不容易啊！毕竟，留学四年意味着曝光率会随之下降，相应地，商业价值也会下滑。"林心心被有主见的王源深深地吸引。她欣赏王源，想跟上他的脚步，想听他的话，在最好的年纪做自己最想做的事。

于是，病情稳定没多久，林心心就开始写作，经常在一些杂志上发表文章。直到现在，她还在坚持做两件事：继续写作及练习走路。最近，林心心已经可以从每次只走五步，变成了一次可以走十步。

蝴蝶飞过了山岗，去寻找那点微弱的光亮。

林心心这只蝴蝶，飞得很慢。

她深知自己追不上太阳，那就看看王源曾描述过的月亮吧。当年林心心到底是听到了王源写的哪一句话呢？其实，它的原文是这样的："现在，我把你们12个小时之前看过的月亮，又看了一遍。新生活正徐徐展开，以此皎洁的明月，共祝我们拥有长久的欢喜与美梦。"

你看，他祝她拥有长久的欢喜和美梦，她视他为明月和微光。他们都在用特别的方式，陪伴彼此，把对方当成最好的朋友。

前不久，王源被当作正面典型写进了初中三年级的课本。他得到了认可，林心心真的很高兴。林心心说："我对王源了解得越多，就越崇拜他。他真的不是大家口中空有其表的流量明星，相反，王源懂得非常多。"林心心不想当那种只会对自己的偶像"尬吹"的脑残粉。

她所说的，还真是有理有据。

王源知道怎么放空枪，也知道某枪支的正确读法是"阿卡47"；王源知道炒菜时，油热后要先放葱炝锅；而当大家都对言情小说欲罢不能时，王源最爱看带着悬疑色彩的《倒霉笔记》，又或者是读经典著作《家》；连王源所看的电影也很有深度，《移动迷宫》《超体》……每一部影片都是经典中的经典。

王源是一个"宝藏男孩"，他很有修养。每次想起王源，林心心就会想起那位世界闻名的演员罗温·艾金森。他是牛津大学的高

才生，却演了一辈子的“憨豆先生”。她觉得他们有共同之处，都乐意给人带来快乐。

王源说：“因为见不得别人难过，我就会想尽办法逗别人笑。”

在鬼门关走了一趟的林心心感同身受。近些日子，为了不想见到家人、朋友为自己难过，林心心学会了保持乐观，再尝试着多说一些正能量的话，以此让大家感受到快乐因子的存在。她还渐渐在练习着唱歌，哪怕不能去KTV，不能去看演唱会。可是，她可以唱给亲人们听。

当然，她练习得最多的那首歌，依旧是《十七》。

她常常幻想在《我想和你唱》的舞台上，与王源合唱《十七》的是自己。

她真的很喜欢那个视频，只要有力气，就会点开看看。她也很感动于全国各地各行各业都有人喜欢王源。

这些年，王源真的已经不再是那个只能在街头唱歌的小男孩了。他变成了家喻户晓的“大明星”，可是，他好像又还是那个小男孩，依然带着夏天的味道——薄荷飘香，是低调的他；阳光明媚，是热情的他；萤火闪亮，是带着求知欲的他；大雨滂沱，又是一腔热血的他。

他是夏天，让林心心爱上了夏天。

“有一位小汤圆曾说，我真的好想念那个13岁的王源呢！他穿着那件清新的T恤，在海边奔跑着。那个沙土里面砸烂的西瓜，那辆载着他飞驰的小车，那个出海差点儿被吓哭的他，真的让我好想念，好想念。但我其实很想快一点儿看到23岁的王源。”林心心把毛毯盖在腿上，很温暖地讲道，“我希望，能有这样一个仲夏夜：大雨下透，空气很是清凉；树枝上的栀子花结了苞，天空悬挂着半

盏黄月亮。我的耳边呢，还有王源的声音。他只为我唱一首歌就好，只唱那首《十七》。”

林心心垂下头，肩膀忍不住颤抖起来。皮肤和指甲大面积脱落，肠道溃疡连续失血两个月，还有可怕的肺脓肿，那些常人不能体会的疼痛，她在17岁那年，通通感受到了。她很顽强地与疾病斗争，接下来，她发誓一定要看着王源走向23岁、33岁、43岁……

“我想看他坐在钢琴前，不只是弹奏《因为遇见你》的样子。最好，他还能唱首小情歌，送给自己亲爱的姑娘；我想看他去球场，不只是为了打篮球；最好，他还能与最爱的詹姆斯，一起解说；我还想看他依然穿着粉丝送的廉价衣服，匆匆地从机场走出来，然后，再去大的体育馆开演唱会。”林心心把曾在杂志上看到的话记在本子上。

由于双手没有力气，她每天只能写几个字。无论是做摘抄，还是写作，她都是要耗费好多时间才能完成。

但是，林心心并没有想过放弃自己的梦想。她早已不是17岁的林心心，只想离开这个世界。时间湍流，没有磨灭她的锋芒。

林心心终于变成了像王源一样的人，在乱世之中，倔强着，执着着，也祥和着。

“鱼得水逝，而相忘乎水，鸟乘风飞，而不知有风；世态有炎凉，而我无嗔喜；世味有浓淡，而我无欣厌。”林心心知道王源曾读过《菜根谭》，她也买了一本。沿着王源的成长轨迹，她参透了很多道理。

她的17岁兴许是历经磨难，可她的27岁、37岁、47岁，一定会明媚如夏天。

林心心期待着自己的未来，期待着王源的未来。

她说，他们一定会越过山和森林，踏过云和大海，追寻到那个心之所向的地方。林心心又一次望向窗外，这一次，她的眼里有了光亮。

这一次，她的耳朵里还是响起了那首歌，它叫《十七》。

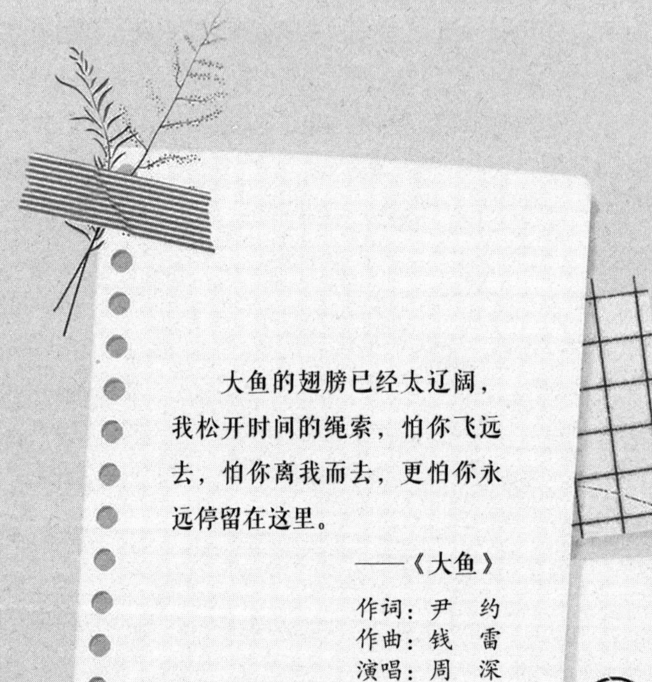

大鱼的翅膀已经太辽阔，我松开时间的绳索，怕你飞远去，怕你离我而去，更怕你永远停留在这里。

——《大鱼》

作词：尹　约
作曲：钱　雷
演唱：周　深

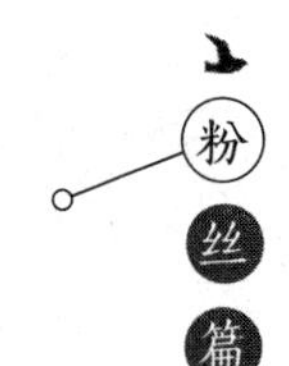

涟漪是一名配音演员，她的名字诗意、文艺，声音却一点儿也不温柔。她有一项特殊技能，可以做到女配男音。

同行的很多朋友为此羡慕她，说她是“天才”，男女声都能很好地驾驭；不同行的姐妹为此而夸赞她，说她是祖师爷赏饭吃，拥有异于常人的才能。

美誉连连，涟漪却一点儿也不开心。

要不是迫于生计，又没有其他才艺，涟漪甚至都不想从事配音这份工作。每次进录音棚，涟漪都要挣扎一番，她总会忍不住想起小时候的“阴影”，再努力地去调整自己，然后才能推开那扇门。

涟漪叹气：“过去的我，真是太傻了。”她曾在初中的迎新晚会上，为大家表演了可以模仿男孩声音的绝活。结果，好心的涟漪并未获得大家的掌声，反而被扣上了“神经病”的帽子。这个代号，伴随着涟漪度过了未成年时期。直至她考入大学，学习了相关专业，涟漪才被当作正常人看待。

毕竟，同类的人聚在一起，只会惺惺相惜。他们不会互相抨击，还会为彼此打气。

“你别担心，我会帮你。”涟漪的师兄刘畅知晓了她这个秘密后，决定施以援手。他先是带涟漪去见了心理医生，但效果并不怎么理想。涟漪只说过小时候有一次“他们曾因为我嗓音怪，朝着我扔泥巴”，就不想再回忆更多的细节。

随之，刘畅又试图用“梦想的力量”来说服涟漪打败心中的“怪物”。他很认真地告诉她：“你务必要练习着放松！否则，你会距离这个圈子越来越远。”涟漪却一副全然接受的模样。她说：“没关系啊！我其实并没有那么喜欢配音，只是想尽快攒钱去国外进修电影专业。”

涟漪越来越自暴自弃。

不得已，刘畅干脆拿出了“撒手锏”。他每天都拽着涟漪去操场跑步，试图用运动的方式来缓解她的心理压力。可适得其反，涟漪再次想起了以前，他们学校开运动会，她穿着裙子为喜欢的男生呐喊、助威，那个男孩却很嫌弃地看了她一眼……

往事就像一根刺，深深地扎在涟漪的心口。她总觉得就算自己用正常的声音说话，一旦被大家发现了自己隐藏起来的技能，就会把她当成病态。

“涟漪，你并没有做错任何事情。”在冷面馆，刚好电视里在播放周深参加某音乐节目的片段，刘畅指了指荧幕上的周深问，“你觉得他唱歌好听吗？”

“好听！”涟漪不假思索地回答。

她深深地被周深的声音打动，感觉他的声音如同天籁。

刘畅疑惑地看向涟漪，问道：“他性别为男，唱腔似女，你不觉得病态吗？”

“觉得这位歌手病态的人才有病吧！他唱得多好听啊！”涟漪吸了一口面条干脆地应答。她朝电视机的方向看过去——荧幕里的男生，个头并不高，长得也不帅。他的声音，没有那么浑厚，倒像被天使吻过。他唱的那首《大鱼》，涟漪觉得简直唱到了自己的心

坎上，让她不自觉就红了眼睛。

“怕你飞远去，怕你离我而去。更怕你永远停留在这里。”涟漪紧紧盯着这句歌词，她扪心自问：你真的不喜欢配音这项工作吗？

不是吧，不是吧。

涟漪对每个人都撒了谎，包括她自己。她其实很喜欢为不同的角色配音，喜欢以这种方式来丰盈自己的人生。

大鱼在梦境的缝隙里游过。

她就是大鱼，哪怕梦想只有一条缝隙，涟漪都想坚持游下去。

可是，她也怕啊！

她怕自己永远站在那片雾霾之下，困在过往的心结中，无法渡过大江大河，还要被人驱赶出大海。那她干脆直接说“不喜欢当大鱼”，主动离开海域，最起码这样还能看起来体面一些。涟漪又一次自欺欺人地暗示自己，她咬着筷子，若有所思。

刘畅看着涟漪傻傻的模样，忍不住笑了。他调皮地弹了一下她的脑壳，义愤填膺地说：“所以啊，有病的是他们！”

“师兄，今天我们在面馆听到的《大鱼》，歌手叫什么？”涟漪回到寝室后，给刘畅发了一条微信。

刘畅立马化身为“科普小能手”，为涟漪发来了周深的各种资料。涟漪挨个点开链接，仔细了解吸引了自己的歌手。通过各种报道，涟漪惊讶地发现，原来，周深也曾有过来自声音的烦恼。

周深本是湖南山村里的留守儿童，靠着父母在贵阳街头挑扁担卖皮包，赚了一些钱，才得以在城里上学。从大山直接走向大都市的校园，他有着诸多不适应，唯有在音乐课上才能发自内心

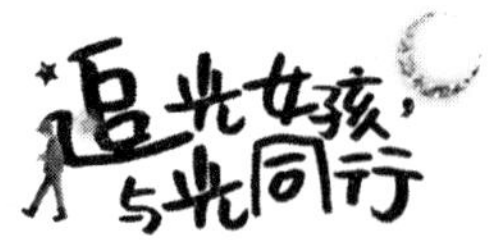

地开心起来。

喜爱唱歌的周深，总能在跳动的音符中寻到乐趣。他唱得快乐，老师也听得高兴。没多久，音乐老师就充当了伯乐的角色，让周深成为学校合唱团的领唱。那段时间，凡是周深带队参加的比赛，没有一场输过。他是合唱团的灵魂人物，是各种评委口中的“音乐天才”。

音乐，给予了周深前所未有的关注，给予他一定的认可。同样，也是音乐，让周深饱受争议，深陷舆论的旋涡——变声期时，其他男孩都因声音突然变得粗犷而不得不离开了合唱团。周深恰恰相反，他的嗓音发生了奇怪的改变，越发细腻。

“变声期没有等我，就走了。”周深好似被时间遗忘，它们不肯带他迈入成熟男孩的时代，把他继续留在了合唱团。一时之间，周深的特别成了大家侧目的理由。同学们从最初的好奇逐渐变成挖苦，到了最后，有些品行恶劣的男生竟开始以此来辱骂周深。

“他有病！”

“他是女孩！”

“他变态！”

……

众口铄金。恶意的评价近乎要将周深淹没，让热爱音乐的男孩感到迷茫和恐惧。周深有三年时间不再开口唱歌，连说话都故意压着嗓子。他说：“有段时间，我都不知道什么是放松。”

他把自己紧紧包裹起来，特意给自己建了个金钟罩。2010年，18岁的周深开始以“卡布叻”的网名，进入YY网络台做网络歌手。他躲在幕后演唱了一首被人熟知、口口相传的歌《化身孤岛的鲸》。

涟漪在知晓这首歌之后，特意戴上耳机听了听。

“你的衣衫破旧，而歌声却温柔，陪我漫无目的地四处漂流。”那一瞬，涟漪忽然想起了很久之前听说的一个故事——Alice是世界上最孤独的鲸鱼，在其他鲸鱼眼里，Alice就像是个哑巴。这么多年来，Alice没有一个亲人和朋友，唱歌的时候没人理睬。原因是这条孤独的鲸鱼的频率有52赫兹，而正常的鲸鱼频率只有15至25赫兹。

Alice很孤独，涟漪曾经就是Alice。

但好在，某一刻，Alice与周深相遇，他们的孤独开始合璧。

“很少有人为我的事情这么上心。”大多数人认识周深是在2014年的《中国好声音》的舞台上。其实，早在第一季筹备之初，他就被列入邀请名单。可由于周深被之前的流言蜚语困住，成了“囚鸟”。他已经没有力气，也不敢再在音乐的天空翱翔。2012年、2013年，他相继拒绝了不同导演的数十次邀约。

周深想要一直躲在幕后，用他人分辨不出的身份唱歌，陶醉于音乐。但是，节目组的导演并不死心。他们轮番、疯狂地给周深发微信，还亲自去机场“堵”他，想尽一切办法让这个音乐天才加入音乐节目的录制中。

精诚所至，金石为开。

周深最终被坚持不懈的导演打动，同意前去参与比赛，并且很感激地说出了那句：“很少有人为我的事情这么上心。”

这条曾认为自己是Alice的鲸鱼，把沿途的点滴温暖都看成世界上最大的善意。另一条像他一样的Alice，同样感念生命中的每一份相助。

涟漪主动约刘畅吃饭，打算送他一份特别的礼物。

“你陪我去看周深吧？”涟漪一边啃着糖醋排骨，一边递给刘畅一张周深演唱会的门票，说，“我觉得它就像另一只Alice，我想去见见他。”

“我才是另一只Alice，好吗？”刘畅反驳道，他接过门票对涟漪笑了笑，“看来我买的两张票可以卖给其他‘生米’（指周深的粉丝）啦。”日复一日的陪伴，让刘畅和涟漪之间滋生了一种微妙的默契。

涟漪想，等自己调整好心情之后，她有些话，想告诉刘畅。

刘畅小心地把演唱会门票收好，他也在想：等涟漪终于调整好自己之后，他有些话，想告诉她。

他们在想的是同一件事——就算他们两个都见过、爱过世间的一些山川和河流，但是，唯有眼前的对方，才是最美的奇遇与风景。

4

涟漪和刘畅去看演唱会那天，她特意做了造型，刘畅专门穿了好看的衣服。他们很有仪式感地去赴这场关于偶像的约会，去听周深唱歌。

涟漪站在舞台下，看着手握话筒的周深，忍不住鼓掌。

她记得前不久看周深相关的报道时，看到过——

周深在《中国好声音》的盲选舞台上，曾经说过：“在生活中听过我唱歌的人都会觉得很奇怪，我就想来到这个舞台，让四位专业的导师听一下，我是不是能够唱歌，能不能唱出自己的未来。”那时候，父母拿出所有积蓄送他去国外读书，让他攻读牙医专业。结果，周深却还是为“音乐”着魔，选择了美声。

他也不知道自己的选择正确与否。毕竟，只要立于人前歌唱，

那他肯定还是会遭人非议——他又没有光鲜的外表，可以让人转移注意力。

周深只能“豁出去”，抛开一切顾虑，在舞台上想唱就唱。

当4位导师中，有3位为周深转身的一刹那，周深觉得这一切简直不可思议。他更不敢相信，这些音乐界的前辈竟然在称赞自己。

齐秦说：“作为一个歌手，你不要再怀疑自己。”

那英说：“你有一种独特的表达方式，我就是要赞扬你！”

杨坤说：“你的声音跨越年龄、跨越性别，有太多可能性了！”

导师们的鼓励给予了周深自信。他学会了接纳自己，珍爱自己，也明白了：唯有自己先去肯定自己，才能够得到来自他人的尊重。

2016年，音乐悬疑竞猜类真人秀《蒙面唱将猜猜猜》向已经有知名度的周深发出邀请，并且提议“男扮女装”。

周深犹豫了一下，答应了。他脚踩9厘米的高跟鞋，身着一袭亮片礼裙，以巫启贤“梦中情人”的形象登台。

由于周深的声音温柔、甜美，许多人真的都以为这是位女歌手。直至周深摘下头套，大家才恍然大悟这是个“大乌龙”，而伴随着惊叹声，自然又出现了质疑声。

“好恶心啊，男扮女装。”

“有病吧，男扮女装。”

许多人再次以言语来攻击周深，用一种浅薄的眼光去看“性别与声音不相符”这件事。此情此景恍如从前，周深却比先前更为镇定和坦然，他摘下头套，深深鞠躬：“我就是希望有人认认真真地听我唱歌。”

好的。那我们就认认真真听他唱歌吧。

涟漪收起回忆，侧耳倾听周深的声音。她还不是资深的“生米”，有些歌还不会唱。但是，那天周深唱的每一首歌，涟漪都牢牢记在心里。演唱会之后，涟漪问刘畅：“你相信我能站在聚光灯下女配男音吗？”

刘畅使劲地点点头，回答：“我当然相信。”

涟漪感激地望着刘畅，说：“可在这之前，我想给你表演一下我的绝活。”

元旦时，涟漪又一次约刘畅出门。她带刘畅去了自己租下来的小舞台，涟漪神神秘秘地说：“师兄，你等我一下。”说完这话，她像只可爱的袋鼠一样，便蹦跳着去了化妆间。

不一会儿，涟漪再次出现。她戴了一顶刘畅留在录音室的帽子，身上穿着让刘畅舍友从刘畅衣橱拿来的球服。涟漪用自己的“绝活”模仿刘畅的声音：“我，刘畅，最近好像有个小秘密。我……好像有点儿喜欢那个叫涟漪的姑娘。”涟漪试探性地看向刘畅，她并不知道自己的直觉对不对。

反正，涟漪觉得刘畅对自己有好感。不然为什么每次自己出现在他面前时，他的目光总有些闪烁，也有点儿闪躲；为什么每次自己和刘畅的舍友打闹时，他总有一丝不悦；又为什么他总是不遗余力地帮助自己呢？

仅仅是因为他人好、善良，又有用不完的精力吗？嘁，怎么可能？涟漪鼓足勇气，打翻他们友谊的小船。但是，她并不确定刘畅是否愿意把友情升华为爱情。毕竟，这有风险啊！万一呢？万一哪天他们分手，那彼此就是永远地失去一个最好的朋友。涟漪忐忑地等待着刘畅的答案。她低下头，拽起了自己的衣角。忽然，她猛地抬起头，只因刘畅在说："我，涟漪，最近好像也有个小秘密。我觉得，自己好像也很喜欢刘畅。"刘畅捏着嗓子，模仿涟漪的声音，一点儿都不像，但他温柔地笑着，满眼都是宠溺。紧接着，礼堂里所有的光都亮了。

涟漪站在舞台中央，这一刻，她没有再慌张。她已经不再那么自卑，就算台下不只坐着刘畅，涟漪也可以自在地展示自己的"才艺"，这是爱给她的力量，是周深给她的启示。她一直记得周深说："我的声音就是这样啊！"

是呀！涟漪的才艺就是这么奇怪，也很优秀啊！她学会了与自己和解，那些不喜欢自己的人，涟漪不想再为了他们而舍弃自己光明的未来，更不想为了他们忽略快乐，忘记自信的自己。

高晓松在《歌手》节目里评价周深："这样的歌手，必须一尘不染，他正在盛开的时候，并且会盛开很久。"

涟漪很认可这句话。天籁之声，为何要被污蔑？天才技能，又为何要被嘲讽呢？他们都是闪闪发光的人，他们认真地做自己喜欢的事情，不应该把脚缩回来。反而是那些一无是处，终日拿他人取乐的人，才很渺小。涟漪再次勇敢地往前跨了一步，她打算伸手去碰触刘畅伸出来的手。她也终于跨出了阴霾，走向阳光。

"啊！我对周深，似乎还没有特别的了解。但是，此时此刻，我已经很喜欢他。"

"没关系啊！我可以帮你，只是，你最喜欢的人必须是我。"是啊！没关系。周深肯定会在舞台上唱很久，发光很久。涟漪有足够的时间去追随偶像的脚步。更何况，她不是还有刘畅吗？他们会在一起很久，一定还会一起去听周深的演唱会，像周深一样——纵然曾经深陷沼泽，也敢继续向阳而生。

有了些争议，不过只是我耀眼而已，有些身不由己，不做损人利己，迈出的步伐一直努力努力再努力。

——《Sheep》

作曲：张艺兴、Devine-Channel、JDODD
作词：Dom.T、张艺兴
演唱：张艺兴

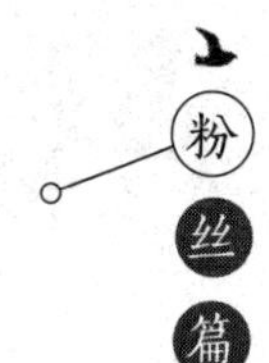

在听到《Sheep》这首歌之前，岑乐乐就注意到了张艺兴。说起来，那都是很久远的事情了——

2008年，“湖南小骄傲”张艺兴前往韩国当练习生。他的吉他声每天都伴随着太阳徐徐而生；他的舞步每天都陪着星光在暗夜里流浪。日复一日，整整五年时间，张艺兴拼的不是爆发力，而是耐力。他在与“梦想”的这场战役中不言放弃。最终，在2013年，背水一战的张艺兴大获全胜。他以EXO领舞的身份正式出道，并因在《咆哮》MV里的耀眼表现让人赞不绝口。

一时之间，“张艺兴”这个名字被越来越多人知道了。尤其是在学校里，张艺兴的“迷妹（指女粉丝）”非常多，女孩们总会凑在一起聊他的种种。岑乐乐就是通过自己的闺蜜琦琦了解到了张艺兴的很多故事。

“张艺兴在当练习生期间，因对未来的不确定，有一次想要逃离。其实，我也一样。喜欢跑步，每天都要苦苦练习，还要遭受非议，被当作神经病的我确实也曾想过逃离。”当时才14岁的岑乐乐，是同学们口中的“愣头青”。她留短发，穿运动装，还特别喜欢跑步。除了闺蜜琦琦，岑乐乐并没有什么朋友。大家觉得她很怪异，没有女孩该有的模样，每天只知道咋咋呼呼。

外人的偏见，总是让岑乐乐扪心自问：“喜欢跑步有错吗？”

尤其是在近40摄氏度的高温下，她还坚持训练而让汗水弄脏了脸，被调皮的男同学称呼为“丑八怪”时，她还真问过自己“值得吗”。

到底值不值得，往往当事人是最容易自我怀疑的。不然的话，张艺兴也不会曾问自己相同的问题。

恰逢此时，张艺兴正在跟母亲视频。于是，他便把身上的背心脱了下来，拧了一地的汗水，语气低沉地说：“如果我没有出道，你不要怪我，我真的已经拼尽全力了。”他十分恐慌，担心自己将四年的青春交付给了一个陌生的国度，最后却只能沮丧地回到故乡。与此同时，张艺兴也十分难过，完全想不通待人接物都十分谦卑有礼的自己，为什么会招来他人的不满，从而会在他的鞋子里放钉子。各种负面情绪涌向他，张艺兴便有了想放弃练习生身份的念头。

然而，关于“服输”二字，他也不过是想想。再瞧一瞧那放在角落里的吉他，张艺兴又舍不得离开了。他擦干随着汗水而流淌到脸上的泪水，重新“跑”了起来。一天24小时，除去吃饭、睡觉时间，其他时候张艺兴都待在练习室。

他不仅将自己练成了“身体节拍器”，还做了近百首原创，加入了韩国音乐著作权协会，成为注册作曲家。

张艺兴的韧劲，一遍遍被琦琦提及，耳濡目染，岑乐乐也开始扭转自己的念头。

“我当时就在想：假设，我像张艺兴一样拼了命地朝着自己喜欢的事情努力一次，那会怎样呢？”岑乐乐笑称，“14岁的我，突然变成哲学家，并不是因为我足够聪明。只是，我很幸运，从他人的故事里，得到了一些感悟。”

这真的是一个14岁的女孩会说出来的话吗？我都有点惊讶。

既然从他人那里寻到了某个支点，思想上也得到了进化，那这个人应该就是值得关注的。岑乐乐承认：她就是从14岁起，开始关注张艺兴。

但是，岑乐乐并不是“狂热粉”，和琦琦相比，岑乐乐对张艺兴的热情只表现在“千里网络一线牵”上。她从未去机场迎接偶像，没有去看过张艺兴的演唱会，也没有去过他下榻的酒店蹲点，岑乐乐喜欢张艺兴的方式很“特别”。

喜欢画漫画的她，经常在画纸上临摹张艺兴的模样。有几次，讨人厌的男孩子又开始起哄，他们嘲讽岑乐乐：不仅长得丑，还不自量力。

女孩的自尊被人狠狠地踩在脚下。琦琦卷起衣袖，打算为岑乐乐鸣不平。岑乐乐却一把将琦琦拽过来，拉着她的手，走出了校园。

当两个女孩再次来到她们的秘密基地——楼区后面的足球场时，岑乐乐像往常一样，递给了琦琦一副耳机。

她们的耳朵里，再次传来了张艺兴的声音。

“有了些争议，不过只是我耀眼而已。”那一年，18岁的岑乐乐遇到了《Sheep》这首歌，她的人生再次有了一些新的启示。

岑乐乐说：“在14岁时，那些男孩的话会激怒我，会让我哭。可是，18岁的我，不会再为此而感到自卑。他们讥讽我，不过是因为成绩不如我好，才艺不如我多，身为男生，跑步还不如我快。”岑乐乐自信地笑着，她很喜欢18岁的自己，也喜欢18岁的琦琦。

要不是琦琦坚持喜欢张艺兴，一直在岑乐乐耳边念叨，那她就

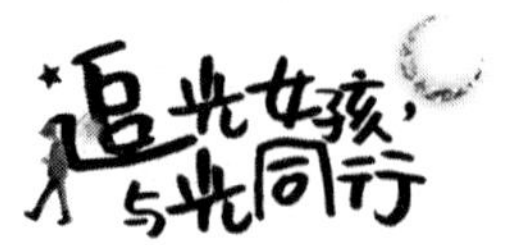

不会对他的喜爱一点一点地加深。

“夏至，鹿角解、蜩始鸣、半夏生。夏至这天，昼最长，夜最短。躁动一夏的鸣蝉不会知道寒暑的变化，只因为在阳光最盛的日子就已释放完生命所有的光芒。喧腾之中，最后一丝的妄想留在了一个最短暂的夜晚。人们来不及做梦，只来得及在那满目而盛大的声音中忘记自己。”直到现在，岑乐乐都很喜欢张艺兴写的那本书，《而立24》。她喜欢张艺兴笔下的春阳灿灿，夏山如碧，喜欢看他立下的远大目标——“30岁，我想拥有一栋楼，不是住宅楼，是办公楼，我想要在那栋楼里培养中国最棒的音乐人”。

张艺兴在畅想自己的未来，岑乐乐顺着他的目光，一起眺望着远方。

18岁这年，岑乐乐对自己说：“终有一天，我要在全省的学生组短跑比赛中，拿到冠军。我还要当一名出色的建筑师，建一栋办公楼。”

岑乐乐立下豪言壮语，铆足了劲想去搏一把自己的未来。可没多久，岑乐乐就在训练中受伤了。父母心疼地对她说：“别再练习跑步了，好好学画就行。”岑乐乐没有应答，她低着头，专心致志地练习素描。

随着时间的推移，岑乐乐的画技有了很大的进步，她的腿伤也在逐渐痊愈。重新站在训练场的那一天，岑乐乐很紧张。可能是由于神经太过紧绷，她好几次都出现了抢跑的问题。岑乐乐为此而沮丧，有那么一瞬，她甚至开始怀疑自己究竟是否还能跑步。

“琦琦，我是不是再也不能跑步了？”岑乐乐回想起这段经历，觉得自己傻得可爱，仅仅因为几次抢跑便怀疑自我要彻底毁

灭。但在当时，岑乐乐真的很丧。

她连续多天不好好吃饭，坚强的岑乐乐变得异常脆弱。琦琦实在看不下去岑乐乐这副颓废的模样，她在某个周末把岑乐乐拽去了机场。

那是岑乐乐第一次经历那么大的场面——当张艺兴走出来的一刹那，粉丝们的尖叫声近乎要掀翻屋顶。

岑乐乐拽着琦琦的衣袖，生怕自己被挤倒，她踮着脚，试图看一眼张艺兴。然而，人声鼎沸的机场内，实在是水泄不通，岑乐乐根本没办法见到自己的偶像。

她沮丧地叹气，重新蹲了下来。

“唉，当时我和琦琦别提有多伤心。我们明明距离艺兴那么近，却根本看不到。不过，琦琦有句话，我至今都记得很清楚。她说：‘乐乐，如果我们不努力，伸展出更多的触角，我们可能一辈子都只能蹲在角落里感受偶像从身边经过却对我们视而不见的心情。’”

岑乐乐打趣：“我这个闺蜜，从小就是个诗人吧。”

岑乐乐还讲了一件特别有趣的事情——

“我记得当时，在午饭时间，琦琦就是不准我走进麦当劳。后来我才知道，原来是张艺兴代言过肯德基。”岑乐乐是个不太称职的粉丝，为了检查自己究竟漏掉了偶像的哪条新闻，便掏出手机去搜索相关信息。结果，岑乐乐看到了更搞笑的事情——

张艺兴还真是有点死心眼。有一次，张艺兴和妈妈在机场候机。他觉得很饿，想去吃快餐，却又固执地不肯同意张妈妈去吃麦当劳的提议。张艺兴说：“我是肯德基的代言人，怎么能去其他快餐店吃饭？”哪怕饿着肚子绕远道去其他地方就餐，他都不肯破坏自己的原则。张艺兴“老派”得可爱，岑乐乐盯着手机，忍不住大笑起来。

幸而，那天岑乐乐终于笑了。她开心地吞下张艺兴曾代言过的汉堡，岑乐乐觉得，吃饱了，才能继续努力、努力再努力。

她又一次哼唱起了歌：“迈出的步伐，自己坚定就会很有力。”在走出机场后，岑乐乐抬起头看着努力起飞的鸟儿，蹲下身做了个起跑的姿势。

岑乐乐说：“那一次，我的内心没有再忐忑。我重新开始相信天道酬勤，我那么努力，上天一定不会剥夺我的天赋。”

“在我拿下全省大学生女子组100米赛跑冠军的那一刻，琦琦冲过来拥抱我，使劲地抱着我的脖子，我差点儿喘不过气。”现在想起这段经历，岑乐乐都会忍不住吐槽。同时，她又很庆幸，自己和琦琦就读了同一所大学。

正式成为大学生的她们，显然比之前更自由。岑乐乐和琦琦时常约着一起逛街、吃饭、聊心事。当然，她们还会一起关注张艺兴的动态。

张艺兴在化身成为“全民制作人代表”时，岑乐乐用自己的奖学金买下了某视频网站App一整年的VIP。只要节目更新，她一定会约琦琦死守直播。跟过往相比，琦琦对张艺兴的感情似乎变成了细水长流式的欣赏。反倒是岑乐乐，像“初恋”。她总是忍不住感叹：“张艺兴好帅，张艺兴好帅。”

每逢这时，琦琦就会翻个白眼，抱怨道：“岑乐乐，你能换个词夸夸艺兴吗？”

“可以啊！”岑乐乐应答，她调皮道，“张艺兴好棒，张艺兴好棒！”

真是幼稚又可爱的女孩啊！

明明这是100个男孩的竞技舞台，岑乐乐的目光却全部在导师身上。毕竟，岑乐乐也即将成为一名优秀的“导师”。她马上就要去田径队里协助老师训练一批新的短跑运动员。她还要协助建筑学的教授，带领学弟学妹，参与一个项目。

张艺兴说：“如果要给后辈一些意见的话，可能就是我能做，你们就都可以做。我的腿没有你们的腿长，我的个子没你们高，我没有你们长得帅。我一开始也是这样，跟你们站在同一起跑线上，没有靠山，没有背景，也不是含着金汤匙出生的，我就是靠努力靠勤奋一步步走来。老天爷会给勤奋的人一些嘉奖。越努力越幸运，这是真的。”这同样是岑乐乐想告诉大家的话，是她切身体会到的道理。

哪有什么天生如此，不过是努力修炼成更好的自己啊！

岑乐乐说：“如果他们也在烈日和暴雨中坚持练习跑步，那这座奖杯一样可以拿到。如果他们也在严寒和酷暑里四处拜访名师学画，那他们一样可以成为领队。没有谁比谁要厉害，有时候，我们比的不过是一份坚持。”

正如张艺兴所说：“我有自己的执着、追求和坚持，即使我很累了，我的初心没有变过。”无论经历多少次挑战、挫折及际遇，手起刀落间，岑乐乐一样没有丢掉那份努力、努力再努力。

2020年春晚的舞台上，张艺兴又唱又跳。岑乐乐在荧幕前为他欢呼，为他尖叫，还跟着他一起唱歌。有那么一瞬，她好像又去了演唱会现场。

“我和琦琦去看演唱会，没花父母的一分钱。我有奖学金，琦琦是通过打工买的门票，我们已经不再是只会缩在角落的女孩。”岑乐乐展示了一下“站子”分发的荧光棒，当时，她就是拿着它在VIP区，激动地为张艺兴尖叫。

岑乐乐看着那个曾经喜欢的男孩已经成为男人的模样，比之前更稳重、成熟，气场全开，她想哭也想笑。

她知道从默默无闻的练习生到成为闪耀的明星，这一路的酸甜苦辣，张艺兴究竟承受了什么。她更清楚在追随张艺兴的这些时光里，自己有了哪些改变。

现如今，岑乐乐还是短发，喜欢穿运动服。可是，她的内心已经丰盈。她不会为了大众的眼光去质疑自己、去讨厌自己。她越来越有张艺兴身上的那股韧劲。

“唉，没办法，我就是很不服输。而且，也许在某些方面，我都表现平平，但在音乐这方面，我真是在发光发热。包括《偶像练习生》这档讲述音乐的综艺节目，在音乐方面可能确实不错，但我没有忘形哦，只是有一些小骄傲，只是想继续试一试。”张艺兴曾经这么评价自己。他不做作，也不慌张，也不否定自己，还充满自信。甚至关于未来，张艺兴是满怀期待的，他希望每一个明天都尽管来吧。

岑乐乐也一样。

她希望明天都尽管来吧！她做好了准备，一直往前冲。即使偶尔摔倒，她也能拍拍身上的土，继续往前跑。而且，现在，是她在为琦琦领跑。

每次琦琦在为将来的实习工作而担忧时，岑乐乐就给她加油鼓劲。

“就算琦琦没有工作，大不了到时候我就盖一座楼养着她。”倒不是岑乐乐夸下海口，而是她的设计稿真的已经越来越有商业价

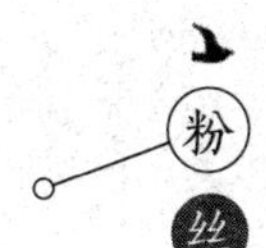

值。她还未毕业就收到了好多意向公司的聘请，打算将她作为人才引进。

岑乐乐歪着头，坏笑："说不定哪一天，我建的办公楼刚好在张艺兴公司的隔壁。说不定，将来我的偶像可以聘用我为他公司的设计师。"她低下头，系好鞋带。在畅聊张艺兴、做完美梦之后，她还是会一如既往地去练习跑步。

跑下去，才知道路有多长，该用怎样的速度去超越对手和自己。岑乐乐还想跑下去，直至她真的追上张艺兴的脚步为止。

明天，尽管来吧。

张艺兴的明天，一定会前途似锦。岑乐乐的明天，一定又是追着他的脚步，疯狂跑起来的一天。

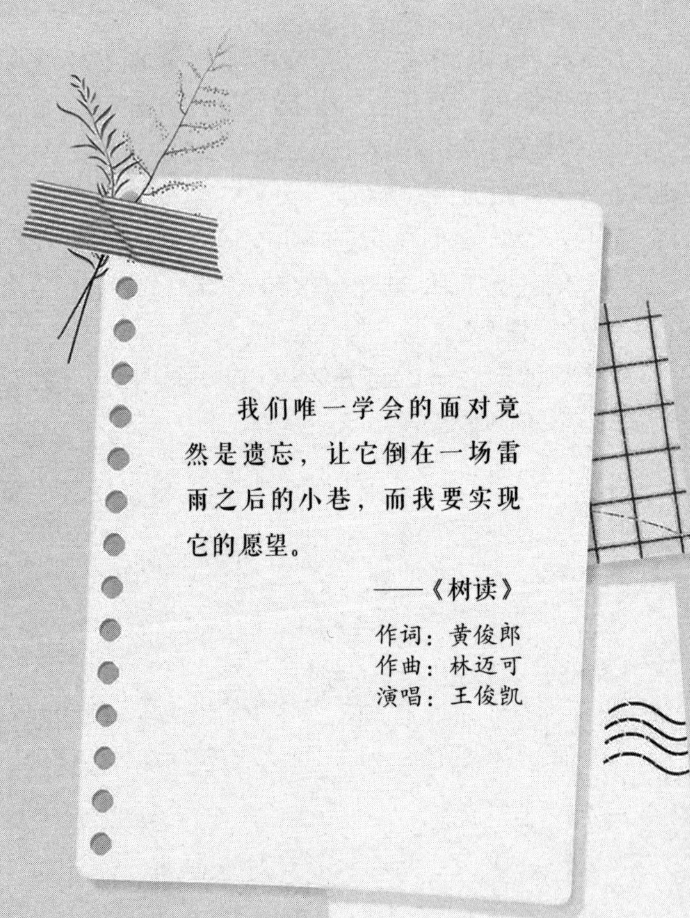

我们唯一学会的面对竟然是遗忘，让它倒在一场雷雨之后的小巷，而我要实现它的愿望。

——《树读》

作词：黄俊郎
作曲：林迈可
演唱：王俊凯

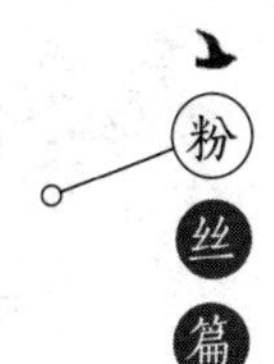

王俊凯
——等我去见你时，一定是最好的我

周周对王俊凯的感情可以分为三个阶段，始于颜值，陷于才华，忠于人品。

一心只知道读书、从未对任何男孩有过悸动之情的周周，第一次注意到王俊凯时，确实是因为他长得足够帅。

王俊凯的眼睛如此清澈，像干净的湖泊；王俊凯的笑容，又是那么灿烂，好似春天的骄阳；至于王俊凯的虎牙，周周觉得它们可爱极了！她深深地被荧幕上的王俊凯吸引，开始陷入一场巨大的“暗恋”中。

那时的周周不希望任何人知道自己喜欢王俊凯。

她一直是“别人家的孩子”，成绩优异，品行端良，善解人意。她好像就只能当一个会学习、爱学习、低调沉默的“榜样”，而不能像其他少女那般，在最好的年纪，感受情动的滋味，享受追星的过程，释放自己的情绪。

用周周自己的话来说，那就是，倘若当时我有“违规”的行为，那大概老师、家长就会剥夺我的所爱，他们一定不会再让我有渠道可以了解到王俊凯。

既然如此，我就只想偷偷地喜欢着他。

她买了王俊凯的卡贴，夹在钱包的最里层，每次遇到开心或是

不开心的事情时，周周都会把王俊凯的照片拿出来看看。她还特别喜欢在参加各种竞赛前哼唱那首歌——《不完美小孩》。

“当我的笑灿烂像阳光，当我的梦做得更漂亮，这世界才为我鼓掌，只有你担心我受伤。”奥数、征文、绘画、钢琴、辩论赛，每一场比赛，周周都一举夺冠。她捧起了一个又一个奖杯，可越是被掌声和鲜花包围，周周就越觉得自己很“可怜”。

“还好现在我不用再担负那么多压力。”她很心疼曾经的自己，好像从未做过“自己”。当然，周周也曾很心疼王俊凯，她认为他是自己的“同类”。

“如果不是真心喜欢唱歌，王俊凯大概会从公众面前消失。因为，从王俊凯出道起，他就背负着特别的责任——要通过自身的努力让梦想这种虚无缥缈的东西变成生产线上的实体，为世人输出正确的价值观。”周周很认可杂志上的这段话，她觉得王俊凯实在是很辛苦。

作为一个90后小孩，王俊凯没有雄厚的家庭背景，父母皆是普通市民。“得天独厚”这四个字从未在他的生活中存在，他反而要一直被“效率至上”的信条推着走。早些年，他在仿照韩国造星模式的演艺公司，一刻都不敢松懈。

每个周末，他都是六点钟起床，一个人搭乘公交车去公司练习。来回二十多公里的路程中，他还要合理利用时间，要争取下车前将所有作业写完。后来，进入节奏超快的娱乐圈，王俊凯更是无法偷懒。

有细心的粉丝统计过他16岁那年的行程，365天里，他有178场工作安排，还有无数次夜间补习。

刚出道的王俊凯和16岁的周周是一样的人。那些年，他们都不曾好好生活过。

王俊凯是为梦想而奔波，周周则是为了学业而疲惫，他们都背负着大家太多的期望。

好像全世界都在催着周周和王俊凯长大，希望他们飞得更高。周周却像歌里唱的那样，她只担心王俊凯是不是会受伤。

这是少女的心思，纵然他不能跨出荧幕，陪在她的身边，她还是希望他平安喜乐，可以是天底下那个最快乐的少年。

“我真的很想回到小时候。”王俊凯曾在某次采访中诚恳地说。他盯着窗帘，大概是想拉开它，好让阳光射进来，最好能像他小时候那样，虽然住在红瓦房里，但每天都能感受到外界的天气变化和邻里之间的亲近。

周周又何尝不是拥有这样的愿望呢？她也想长久地住在无忧岛，她还想替王俊凯实现一个愿望，不，是跟他一起去“放肆”一次。

“王俊凯曾说过，他很想去游乐园好好玩一场。那里，没有走位、灯光、特效、造型、粉丝和助理，有的是零食、气球、过山车、大摆锤、薄荷色的草地和棉花糖一样的白云。在那里，我还希望有个我，可以陪着王俊凯一起开心地大笑。”

现如今周周已经18岁，她对王俊凯的爱只增不减。只是，现在，周周对王俊凯的喜欢已经没有那么肤浅。周周从单纯喜欢王俊凯的颜值，变成了欣赏他的才华。

“我们对他进行过严格的考核，专门考他，也是考得天翻地覆，做各种练习，有时候给他超难的、越过他年龄极限的东西做，让他哭得稀里哗啦。我要看他的张力、素质怎么样，他通过了，我们才最后定的他。”王俊凯在拍摄《长城》时，曾受到很多人的质疑。当时，张艺谋导演亲自站出来，给了大众一个交代，解释了自己为什么会选择王俊凯。

周周也曾看到这条新闻，她由此确定自己的眼光并没有错。她知道王俊凯绝不是那种只有好看皮囊的流量小生，他是演技派，还是真正的歌手。

“王俊凯曾经很努力地唱歌，公司没有钱包装，他便用自拍的方式拍摄；《我的歌声里》是在电梯里翻唱的，《小情歌》是在卫生间翻唱的；好像只要能唱歌，王俊凯就会变成疯子。”不疯魔不成活，是周周对王俊凯的评价。

同样，这是她对自己的认知。

18岁的周周铆足了劲想考上某政法大学，她想当律师，想让自己永保明辨是非的能力。可老师和父母都希望她去读师范专业，将来可以当一名优秀的人民教师。

周周苦笑：“是不是我必须按照他们的意愿去生活，才能得到喜欢呢？”她想不通，为什么大家那么喜欢安排她的人生？她并没有偏离努力、勤奋的轨道，那为什么不能去学自己喜欢的课业呢？

她不想再当一个提线木偶，只想坚定地朝着自己的目标跑过去。为了得到父母、老师的支持，周周比之前更努力了。

她疯狂地做数学题，努力地培养自己的理性思维。她比之前睡得更晚，希望可以通过努力，让成绩提升到某政法大学上一年度的录取分数线。她甚至有好长一段时间都没有再去关注过王俊凯。

周周说，这才是理智的粉丝应该做的事，好好生活，好好奋斗。她还说：“王俊凯有首很喜欢的歌，叫作《囚鸟》。我想，他真的是我的soulmate（灵魂伴侣），我们那么相似。只要能唱歌，被束缚、被囚禁、被侧目地去生活，王俊凯都觉得没有关系。我也一样，只要能拥有理想中的生活，我愿暂且交付部分自由，暂且交

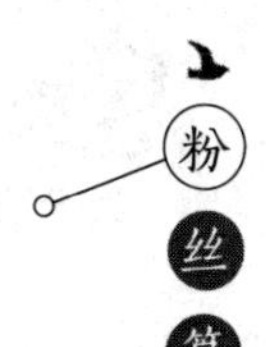

付辛苦，交付一定的热爱。”

还有几个月，周周就要参加高考，以她的成绩考入喜欢的学校应该没什么问题。

这一次，能有时间畅聊王俊凯，还是“依仗”她又稳拿了年级第一，可以奖励自己“惦念”一下那个喜欢的男孩，而至于她的这份喜欢，周周现在也想跟大家敞开聊了。

“王俊凯那么优秀，我恨不得向全世界宣告。我相信老师和父母会理解我的这份崇拜，这份对他的喜爱。他一直在激励我，让我变得更好，不是吗？”周周又在“炫耀”自己的偶像，她总把他当作自己的骄傲。她甚至因为这个男孩，觉得当一个完美的小孩也没那么讨厌了。

“王俊凯的心理一直很强大，之前的万众瞩目并没有打乱他的步伐，只是变相地带给他许多压力。他最终以专业第十九名，文化课438分的成绩被理想中的学校录取，正式成为北电的一员。之后，王俊凯又很刻苦地打磨演技、做原创歌曲，他尽可能把一切做到完美。”

周周被王俊凯的人格魅力打动，他在努力地做到十全十美，她也在努力地朝他看齐。他们就像王俊凯唱的那首歌《树读》一样，它往上想明白那阳光，也往下想守护着土壤。他们两个人一直在用特别的方式陪伴彼此，影响对方。不知不觉地，周周就想变成一道光，再去迎上那道最亮的光。

“王俊凯就是个傻孩子，他特别喜欢为他人打光，自己却喜欢蜷缩在角落里。”周周口中“王俊凯喜欢蜷缩在角落里”，其实是在说——

自从当上队长后，本是没心没肺的青春岁月，忽而已暮，王俊凯因有了要守护的人，成长为小小的男人。

他比以前更有担当了，能代表组合发表获奖感言，却也愿意将时间平均分配给队友；他比以前更有责任感了，怕王源在机场走丢，就让王源拉紧自己的书包；他比以前更温柔了，上台之前会替千玺整理好衣服，握着千玺的手给他打气。

王俊凯是一个很好的男孩子，他是如此善良，总习惯为他人着想，却很少爱自己。随着通告越来越多，他的低血糖也越来越厉害，好几次接受采访时，王俊凯都有头晕的感觉。而每一次，他都是在喝一杯白糖水后，继续坚持工作。也有很多次，经历连续飞行，真的是累了，王俊凯就随便窝在沙发一角睡觉。

岁月忽已暮，男儿当自强。

王俊凯愿意为所爱的人变得无所不能，只因他们赠他一身光荣，给予他许多陪伴和快乐。

本讨厌做他人家孩子的周周，渐渐地，愿意变得越来越完美，也不过是因为她想在某天见到王俊凯时，是最好的自己。

没错，周周说了，等她考上某政法大学之后，她一定要去看一场王俊凯的演唱会。

她要摇动着荧光棒，跟着他大声唱歌。她相信世人一定懂自己的这份“喜欢”。毕竟，他是那么有魅力。

当然，如果演唱会那天，王俊凯还会唱：“有一天我将会老去，希望你会觉得满意，我没有对不起那个15岁的自己。”那么，周周也一定会通过微博私信王俊凯。

她会写道：你没有对不起15岁的自己，一直忠于初心、为梦想而战；我也没有对不起16岁的自己，顶着压力，还是向阳而生。我们没有对不起任何人，哪怕偶尔挣扎，还是尽力做到了完美。可假设，某一天，你不再这么完美，慢慢变老，我还是会喜欢你；假设，某一天，你退出娱乐圈，我也还是喜欢你。我喜欢你，无论你是何种状态，你又是在哪里。我喜欢你，现在，全世界都知道了。

是的。

周周喜欢王俊凯，现在，全世界都知道了。

一个人走到终点，不小心回到起点。一个新的世界，此刻我才发现，时间没有绝对，直到有另一个人能体会我的感觉。

——《我们的明天》

作词：于京乐团
作曲：于京乐团
演唱：鹿　晗

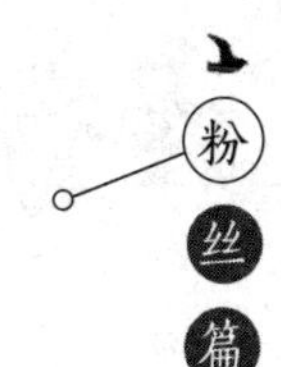

鹿晗

——为你捧出那颗最纯真的少女心呀

1

阿敏是我的表妹，她喜欢上鹿晗的那年，刚好是我进入写作圈的第一年。彼时，纸媒还未进入寒冬，市面上的杂志百花齐放，满目琳琅。其中，有一家杂志在看到我写的许多稿件后，便前来约稿。

编辑说：“琦惠，你可否了解一下鹿晗，然后从心底喜欢他，再帮着粉丝发声，让更多人知道他是值得被爱的呢？”我盯着QQ对话框里的留言，有些发愣，脑子里还冒出了一个大大的问号：鹿晗是谁啊？

正在我百思不得其解时，刚好，阿敏给我打来了电话。

阿敏开门见山地说：“姐，我看到某本杂志上有关于EXO组合的征文启事，你能不能帮我修改一下参赛文章？我必须获奖才能获得鹿晗的周边，你一定要帮忙哦！”尽管是周末，阿敏并不用去上学，她有大把的时间可以对我详细地叙述这件事。但是，她还是用着急的口吻说道：“算了，三言两语，我也跟你说不明白。这样，你在家等我，我很快就到。”

“啊？”那时候，我真是很纳闷为何在同一时间有那么多人对鹿晗感兴趣。可我转念一想，既然要帮阿敏参加征文比赛，那肯定免不了要去了解鹿晗，如此一来，我就答应编辑的约稿吧。

我重新点开和某编辑的对话框，迅速地敲下了几行字。我说：“感谢编辑大大的约稿，我会尝试着去了解、去创作，过两天给您交稿。”尽管，我对EXO组合、对鹿晗一无所知，却还是夸下了海口。

谁叫阿敏是我的表妹呢？她可是个狂热追星的小姑娘，我不止一次听舅妈念叨，说阿敏每次在考试进步后都会主动要求玩一会儿电脑，她每一次上网只做一件事，那就是搜索自己偶像的信息。但由于舅妈记不住“鹿晗”的名字，所以有很长一段时间，家里人对他的代称一直都是“那个小孩”。

连我也受到了感染，在阿敏以火箭般的速度冲到我家并且把一书包的杂志全部倒在我的床上时，我脱口就问：“这就是那个小孩？”

显然，阿敏对我的表述很不满意，她指着杂志上的某个页面，大声地反驳我：“什么那个小孩？他叫鹿晗！”阿敏像个“花痴”一样，一边说，一边把杂志抱在自己的怀里。她温柔地叙述：“鹿，是梅花鹿的鹿。你看他那双清澈无邪的眼睛，真的很像小鹿斑比的眼睛。晗，这个字象征了初升的太阳，代表了万丈光芒及活力无限，也预示着鹿晗光明的未来。”

平时在学习上，我都没见过阿敏能对哪个知识点做到如此熟悉，更是很少见到她买辅导资料。可再看看她买的娱乐杂志，我便忍不住埋怨了几句。我说：“阿敏，你还是多把心思放到功课上，不要总是做无关紧要的事情。”

阿敏顽皮地吐了吐舌头，毫不示弱地从我的抽屉里翻出一摞周杰伦的CD，说：“年少时，你不是有非常喜欢的偶像吗？我们都一样，不是追星，是追星星。”

一语点醒梦中人。

我忽然在想，阿敏如果能像我一样，在喜欢偶像的路上变得越来越优秀，应该不失为一件幸事吧？

那天，阿敏又给我“灌输”了有关鹿晗的很多事情，我确实是通过她才知道，在北京土生土长的鹿晗，曾像一颗珍珠一样被星探发现，爱不释手。但他也像一颗橘子一样，在进入经纪公司、脉络分明地展示完自我后便被高层遗忘。还好，鹿晗是个纯北京爷们，他继承了黄种人的拼搏和韧劲。不管出道是如何无望，鹿晗又是多么想家，他都在韩国很好地坚持下来，并终于通过EXO组合主唱的身份正式出道。

鹿晗曾在自己的CY（社交网站）写道：“漫长的等待让人忘记了等待的初衷。”

我听着阿敏的阐述，感同身受。毕竟，关于写作梦，我真的也是等了很多年，盼了很多年。有一段时间，周围很多人都对我说“你写明星采访，永远不会有未来”，我一气之下，便退出了那个写作群，且很久没再登录可以联系到编辑的QQ。

很是幸运。

暂且离开写作圈的时候，很多人并没有忘记我。我又回归后，还有很多编辑前来约稿。那我就必须交一份让大家都满意的答卷，要让所有人都知道：即便漫长的等待会让人忘记了等待的初衷，可选择了这条路，我就会义无反顾地走下去。

对，我要走下去、等下去，像鹿晗曾经的选择一样。

我信誓旦旦地对阿敏说：“阿敏，你再多给我讲述一些鹿晗的事情。还有，我一定会帮你在征文比赛中获奖。”她也很认真地对我讲：鹿晗非常喜欢足球，他将弗格森和范·佩西当成偶像，是曼联红魔的铁杆粉丝。不仅如此，他还经常穿着曼联的球衣踢球。2013年6月23日，在上海“亚洲梦想杯”中韩慈善足球赛上，鹿晗曾代表上海老克勒明星队出场并表现出色，获得了职业球员范志毅、沈晗等人的称赞。同年9月3日，他又在韩国MBC“偶像运动会”五人制足球赛上，踢进首球并且独进两球，被韩媒评为新一代体育偶像。鹿晗更是在自己的庆生足球赛上，上演了帽子戏法，众人为他欢呼雀跃。

聊起鹿晗，阿敏永远是一副活力少女的模样，她果然是不折不扣的“女友粉”。

我问她：“作为女友粉，你有什么特别想对鹿晗说的吗？或许，我可以找娱乐圈的朋友帮你传达，也可以把你的话写进杂志，让他的粉丝们都看到。”

“是吗？”阿敏很兴奋地反问我，紧接着，她又感叹道，“其实，我也没什么特别想说的。不过我不想让自己的喜欢变得扭曲，更不想当一个私生饭（指行为比较极端的粉丝），有那么强的占有欲。我只是偶尔会幻想一下，假设鹿晗是个普通的男孩子，会是什么样？”

“他会是什么样呢？”

我真是没想到向来被家人宠坏，想要的总会被满足的阿敏，有一天竟会说出这样的话。我也真是很好奇阿敏的脑袋里到底还有什么新的想法和念头。我期待地望向她的双眸。阿敏声音清脆，面带绯红地感慨道：“如果鹿晗只是普通的男孩，那该多好。那么，我们就可以一起坐在明亮的教室里，外面有大片的香樟树，黑板上写着复杂的方程式，我却偷偷把他写进日志；我们可以一起去有着萤火虫的河边夜钓，日月星辰让世界万物更加醉人，却又都不及他光亮；我们就可以一起在绿茵的球场奋力奔跑，一起为了学习而奋

斗。”她又一次陷入幻想中，开心地笑起来。我在一旁也跟着欣慰地笑。顺便，我把她说的话全部仔仔细细地记在了笔记本上。

“这个杯子你还在用啊？而且，你要带它去上海吗？”阿敏考上大学的那一年，我去帮她收拾行李。结果，我再次看到了一年前自己帮她斩获的奖品，它静静地躺在旅行箱中。

而这个印有鹿晗头像的马克杯，正是上文提到的某杂志关于“EXO组合征文比赛”的获奖大礼之一。除此，杂志社还因为阿敏的作品获得了第一名便奖励她许多鹿晗的海报。当时，阿敏真的很开心，她激动地把它们贴在了卧室的墙上。

阿敏笑眯眯地说：“姐，谢谢你帮我拿到了战利品。”一张一张的海报看过去，她就像重新回顾了自己奋斗的这一整年。

坦白说，阿敏的成绩并不是多么好。她能考上大学，能去攻读护理专业，简直就是家族里的奇迹。当然，这个奇迹的背后，鹿晗绝对发挥了一定的作用，因为每一次阿敏想要放弃学习时，她都会想起鹿晗——虽然阿敏并不想当个私生饭，但终究她是希望距离自己的偶像近一点，再近一点。至少她是知道的：若是能离开家乡，前往上海，那她看演唱会的机会就更多一些。

只要想到这里，阿敏便强迫着自己复习了一遍又一遍，做了无数套题，整理了无数的错题集，她是如此用力才终于在高考这场战役中取得了一定的胜利。她为了鹿晗，曾满怀斗志，乘风破浪地往前冲。当然，我也曾因鹿晗而“受益”。

那篇以阿敏的叙述为基础，以粉丝的视角去撰写的文章，一经某家杂志社刊登，便获得了无数粉丝的好评。许多女孩还根据我的笔名，顺藤摸瓜地找到了我的微博并私信我，有粉丝说：“谢谢

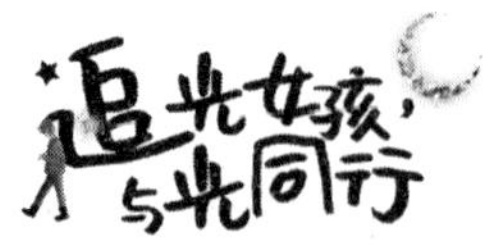

你，琦惠姐，你代表我们说出了心声，你真的很懂我们那份喜欢鹿晗的心情。”她们在粉丝群里疯狂转发这篇文章，许多杂志社也都在自家杂志上进行了二次刊发。

一时之间，我“火”了一把。可事实上，我觉得自己并没有写出多么惊艳的文字，我不过是实话实说地写道：“看过有喜欢你的姑娘为你写的信，也见过她们写了一篇感人肺腑的文章——《写给鹿晗未来的妻子》。她们爱得不求回报，粉丝于明星注定‘爱’而不得。所以当我在写这篇文时，就如同在带着使命，我代表了一群喜欢你的女孩，写出我们共同的心声。唯愿安好，多么简单的心愿。鹿晗，请你一定要为我们实现。”

我真的不过只是尽了一份写作者应尽的本分，把阿敏为我提供的资料，尽量描述准确、生动。真正让人动容的，不是我的文字，而是那群女孩简单且无私的爱。

她们真的没有多大的诉求，只不过希望鹿晗安好。

阿敏在决定转专业之前，特意去看了一场鹿晗的演唱会。这时候，鹿晗已经成为“归国四子”之一，全身心地在国内发展。换句话说，阿敏想要见到鹿晗，并不再那么困难。只要学业不忙，鹿晗又刚好去上海，她就可以去接机、送机，也可以去各种活动狂拍鹿晗的生图。但是，阿敏一次都没去。她一直记得鹿晗曾说过：“其实我们作为偶像，最应该做到的就是给青少年朋友树立一个健康向上的榜样。”阿敏不想给鹿晗招黑，让许多人觉得他就是个没有实力，只会用颜值“蛊惑”少女的无德偶像。她想以一种健康的方式去喜欢他，比如帮后援会修修图，比如以鹿晗粉丝的名义做公益，再比如通过演唱会，正大光明地去见他。

阿敏既是女友粉，也是理智粉。当然，此话只适用于她没进入演唱会内场之前。

“姐，原来见到偶像是这种感觉啊！你当年在现场听周杰伦唱歌，是不是也感觉自己快要疯掉了？”通过电话，阿敏为我直播鹿晗的演唱会。她语无伦次地表达着自己的感受，不一会儿，还用哽咽的声音跟着鹿晗唱了起来。

“直到有另一个人能体会我的感觉，不用说，不用问，就明白就了解，每一刻都像永远。”阿敏从小声地跟着大合唱，到后来，她开始在电话那端号啕大哭。

我明白，她一定是想到了自己转专业的事情——家里人考虑到就业等问题，一致反对阿敏转去摄影系。可是，她还是在转系申请书上签了字。为了这件事，舅妈很久都没再给她打电话。

阿敏不止一次对我说：“姐，除了你，我就只剩鹿晗唱的《我们的明天》陪着自己咯！”她强忍了那么久的情绪，终于，在见到鹿晗的那一瞬间全面爆发。

我听着阿敏的哭声，在电话的另一端突然泪流满面。

命运真的好幽默，不是吗？

若不是见证了阿敏喜欢鹿晗的过程，我都快忘记了自己也曾这么“疯狂”地对着周杰伦流泪，也曾恨不得吼破嗓子地大声跟着他唱：“我送你离开，天涯之外，你是否还在？琴声何来，生死难猜，用一生去相爱。”

看来，即便时代更迭，我们喜欢的偶像也不再是同一批，每个女孩心情都是一样的——我们喜欢一个偶像，并不是因为他长得足够帅、才艺足够突出。而是，刚好是他，伴我们走过了最难忘的青春，刚好是他的某首歌、某个故事与我们成长的某个片段重合或是密不可分。他们或许把我们变得更励志，或许医好了我们的情伤，他们是伟大的治愈者。

现在，阿敏如愿以偿地成为摄影师，她也没有像家人担心的那样成为无业游民。阿敏成立了一家工作室。年末我们见面的时候，她还在嘀咕："姐，明年我会开始承接婚纱照这方面的业务。你结婚时，可一定找我拍婚纱照哦！"

她哪壶不开提哪壶，那我也要"报复"。

我没好气地调侃阿敏："你有时间为我的婚事操心，还不如掐指一算，鹿晗和关晓彤会不会在近期完婚呢。"

阿敏一听这话，调皮地笑："那我得好好再练练拍照技术，争取为他们拍婚纱照。"唉，阿敏又开始做白日梦。我对她翻了个白眼："这么看得开啊？想当年鹿晗公布恋情时，你可是哭到妆都花了。现在这么坦然？"我始终都记得，不，一辈子都会记得——

鹿晗公布恋情的那天，不仅微博热搜第一条写了一个大大的"爆"字，连我都快被阿敏气爆。她除了一直在问我相同的问题："姐，为什么我感觉自己像是失恋了一百次呢？"就是一直拿着我的丝巾去蹭自己的鼻涕眼泪。

要不是看她哭得那么惨，我真的很想"暴揍"阿敏，而再想一想自己也曾在周杰伦举办婚礼那天痛哭流涕，我好像也能原谅阿敏对我的丝巾的"迫害"。

算了！追星的女孩们一定会在某个时刻"同为天下沦落人"，那就不要"互相残杀"了，我默默地想，还轻拍着阿敏的背，温柔地回答："你之所以那么难过，是因为觉得自己的青春也随着他恋情的公布而彻底结束。"

我情不自禁地感慨道，又立马后悔从自己口中说出这话。因

为，阿敏一听此话，哭得比之前还要撕心裂肺。

她哭着对我说："我不想让青春结束，我不想走入成人的世界。"长大都是在一瞬间，那时，阿敏还不太适应成长的节奏，她更不能适应自己要把"女友粉"的头衔放下，要真正开始当一个"理智粉"。同样，她舍不得曾花费了那么多心血去守护的男孩子就那样走进了他人的世界……

人之常情，任何一个人在面对投入了时间和精力的事情时都想要一个回报，哪怕是从一开始我们就清楚地知道，"粉"一个偶像，注定是一个人的单恋。我们也曾在某个瞬间，偷偷地贪恋过他一分钟。所幸，阿敏是个好孩子，她的贪念能及时止住。她在冷静下来后，并未对鹿晗感到失望，反而觉得他有担当。她更是没有用言论去"攻击"关晓彤，还选择为他们送上祝福。阿敏对鹿晗的感情，一直都呈现在阳光之下。

"我的彼得·潘小王子，就算一辈子不能做你的公主，我还是会一如既往地爱着你。至少音乐无国界，我还是可以侧耳倾听到你给的奇迹。十二个月的奇迹就是你还在，我还爱。Never Land，同心而离居，忧伤以终老。尽管这样，我还会爱你如初，并且不知道这份爱的终点在哪里。鹿晗，我一直在，纵使寂寞开成花海。"许多人知道这句话，是通过我曾写的那篇文章，但他们都不知道，我之所以可以写出它，都是拜阿敏所赐。

阿敏，我的表妹，鹿晗的铁粉。在喜欢鹿晗的时光里，她和他同步成长。在喜欢他的日子里，她没有失去自己，没有错过人生中重要的机遇。新时代的偶像力量，向上也从容。新时代的粉丝力量，也该积极且乐观。毕竟，喜欢一个偶像是为了让你的人生有更为丰富的体验和拥有更多美好的心情。毕竟，能把你带上阳光之路的偶像才值得你喜欢，值得你为他捧出那颗最纯真的少女心呀！

音乐告白墙

有没有这样一首歌，在无尽的黑夜里给你一束光

每个人的生命中，都有一首有故事的歌——

“17岁的索比赫被确诊罹患骨癌，生命只剩下3个月。为了延续成为一名歌手、音乐家的梦想，他写了一首轻快励志的歌曲《云》（Clouds），留给所有亲友作为纪念。”

音乐人赵英俊罹患癌症，吃完止疼药后，在房间里录制了那首火遍全网的《送你一朵小红花》。和电影情节一样，这首歌所表达的就是以积极的态度抗击病魔——“多么苦难的日子里，你都已战胜了它。送你一朵小红花，遮住你今天新添的伤疤，奖励你在下雨天还愿意送我回家……”可直到这位音乐人去世，我们才恍然大悟，他或许就是为自己而写下的这首歌吧？“昨日还在沙场鸣鼓的战士，如今已马革裹尸，驾鹤西去。”有人说，这首《送你一朵小红花》是最好的抗癌药，但医者不能自医，留下了药，却自己先走了。可赵英俊用音乐治愈了更多处于苦难中的人。

这，就是音乐的力量啊！

华语乐坛，有很多让人泪流满面的歌，它能一击即中，戳中我们内心最柔软的地方，因它能唱出我们的心声，甚至，治愈我们的伤痛。

那么，在你的成长中，有没有这样一首歌？在无尽的黑夜里给你一束光，成为你青春岁月里的小小支柱呢？

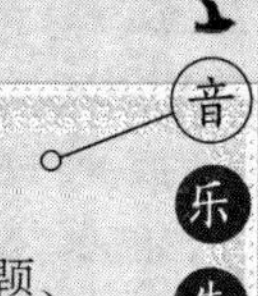

回到2019年1月，那时距离中考还有5个月，每天都是在刷题、背课文、写作业中度过的，枯燥乏味。偶然有一天，中午放学的时候，我听到校园广播站播放的是张杰的《年轻的战场》，本身就非常喜欢杰哥的我瞬间精神百倍。于是，在每一个我为数学题苦思冥想的夜晚，每一个我背文言文的早晨，每一次遨游历史的海洋，这首歌是陪伴我最多的。初三那年，我的目标是考上重点高中，每每听到这首歌，我都斗志昂扬。现在的我，在喜欢的高中里认真学习，听着喜欢的歌手的歌，写下对未来的规划，在《年轻的战场》中，和张杰一起走得更远。

——读者 Precious

来自妖扬的《今天的花》一直是我在黑暗中的一束微光。初识于2020年2月29日，四年才有的日子，注定是不寻常的。这首歌源自“今生卖花，来世漂亮”的故事，但我又有不同的理解。歌手温和的嗓音冲淡了略显孤独的歌词中的那份怆然。最喜欢其中的一句“舍梦的人最英勇，却仍愿做个稚童。对万事诚恳且热衷不必负重，还可得到宽容”。诚然，这个世界或许有不公，或许有很多事并不尽如人意，但谁又不是一身孤独抱病前行？我姑且愿意把这首歌的旋律称之为“治愈”，治愈我成长中每一处伤痛，治愈我每一次晦暗中的隐忍。

——读者 天　启

发现《我也曾想过一了百了》这首歌是因为有一个晚上我在床上翻来覆去，久久不能入睡，脑子里一直浮现着对未来的不安以及对现状的不满。虽然知道抑郁症不是什么见不得人的事情，但还是会觉得自己矫情。因为哭到不能自已，于是上B站搜抑郁症的调

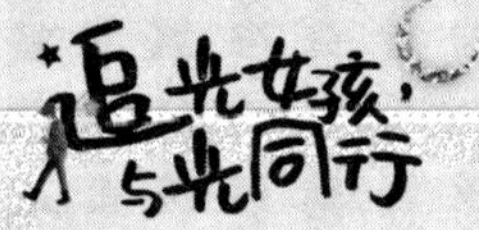

节方法，然后看到了这首歌。听说这首歌在当年大大地降低了日本的自杀率，听完之后我似乎懂了。第一次看的时候没有翻译，但是我能深刻地感觉到歌曲传达的意义。最近《明星大侦探》也用这首歌去讲述了抑郁症这个主题。我希望大家在心情不好的时候听这首歌，能找到自己存在的意义也能变得开心。

——读者 上哪儿整点钱去呢

洛少爷的《溯源之光》《三万光年》，这两首歌是同一个故事，先听“溯源”再听“三万”，你会听到一个关于希望、救赎和信仰的故事——“兄弟俩生活的地方是最贫穷和条件最差的地方，有一天，一纸征兵令召集了全村所有最勇敢的少年出发寻找新的居住地。哥哥应征入伍，离家的那段时间一直和弟弟保持着温暖的心电感应。等到少年兵回来的时候，哥哥无意间跌入了虫洞，弟弟永远无法收到心电感应，其他的少年兵都以为哥哥死了，只有弟弟不死心，他要去找哥哥！”这两首歌对我触动很大，也希望会有人喜欢这两首歌，希望会有人支持洛少爷！

——读者 如信·玉钗

李润祺的《茫》，虽然说这首歌发行了不到三个月，虽然说我已经过了那段压抑且难熬的日子，但是听到歌词里的每一句，我都十分有共鸣。

“好多歌曲，只敢自己听”是我最有感触的一句，以前的我在那个集体里仿佛做什么都是错的，连听歌的品位也要被嘲笑一番，从此耳机便是我的必备品，我把自己和歌都藏起来，这样可能就不会再受到任何伤害。

“有原因吗，活成静音，我怎么不伤心”仿佛是我灵魂深处的呐喊，歌曲可以藏进耳机里，当时的我又能藏在哪里呢？静音的我真的想一言不发吗？不是的，我怎么可能甘愿静音？

快六年过去了，我虽然觉得自己已成为自己想要的样子，但是我身为校园暴力的受害者，被孤立、被嘲笑、被当众羞辱这些阴影始终挥散不去，成为一块我无法与之和解的陈年血痂。我与这首歌的共鸣，是永恒存在的，它永远提醒着我那块血痂的存在，让我感受到之前的痛楚和当下美好的弥足珍贵，杀不死我的只会让我更强大。

——读者 情绪稳定杨筱获

《缺陷》。我那时是心情低谷期，而且社交恐惧症变严重了，被同学背叛，失去了很多朋友，没有人可以倾诉，当时快崩溃了。偶然在日语的丧系歌单里听到了《缺陷》，这首歌写得也很黑暗，一瞬间我知道有人和我一样过得不好。了解这首歌的创作者别的歌，看到他后来创作风格的变化，才知道那是源于他有社交恐惧症。看到他慢慢好起来了，我自己努力一步步克服了社交恐惧，现在已经没有太大的问题了，我也找到了可以倾诉的人。

——读者 崩坏-HAGASE1018

邓紫棋的《平凡天使》。第一次听的时候还是疫情很严重的时候，天天一个人宅在家里上网课。听了这首歌，我当时就感到很温暖，很有力量。后来在看MV的时候我落泪了，那么多平凡的人在默默无闻地为社会做贡献。当时这首歌就悄然把我带出了孤寂与无助，让我知道了咱们中国人的团结与力量！

——读者 浅笑盈盈

奇然的《雨过昔年》，唱出了美好时光，对过去的回忆。“屋檐还有雨在滴，荷叶透出着青碧，莺儿鸣，合虫啼，又家炊烟起。老人说，这故事，今天就讲到这里，猫咪随藤椅摇摆着呼吸。”

我是因为初中经历过校园暴力而患上轻度抑郁症，高中因为学业压力大，病情一度更加严重。在我最痛苦的日子里，我听着《雨过昔年》走出了痛苦，看到希望。2020年开年遇到疫情，又经历了生活的变故，喜欢的老师离开等。是《雨过昔年》把我从黑暗中拉出来，让我看到了阳光。六月开学后我们分科了，在新的班级，我遇到了一堆好朋友，成绩也上去了，班级元旦联欢会上还当上了主持人。谢谢你，我的偶像奇然，是你让我自信起来，学会成长。

——读者 元气言妞

*Monsters Katie Sky*这首歌是2014年发行的，算老一点的歌曲了吧。虽然它很早就“躺”在我的歌单中，但真正听到它的时候，已是2020年。

2019年12月，初三的第一学期刚结束，我和闺蜜一起去看了一场说走就走的电影《变身特工》，之后回到家，碰巧在电视上看到了《蜘蛛侠：英雄远征》，不知在什么时候，好像有什么东西牵着我，让我关注起汤姆·赫兰德和漫威这个大家庭。

每次看到钢铁侠在打响指的片段，眼泪总会不由自主地决堤，在网上看到“爱你三千遍”的视频，大多是拿这首歌配的音，它一遍又一遍地环绕在我的耳边，让我深刻体会到斯塔克的伟大。顺理成章地，每天起床迎接我的必定是“I see your monsters ，I see your pain……”它也似乎成为我初三冲刺的精神支柱，但是中考成绩像是和我开了一个玩笑，完全在我的发挥水平之下。在高中垫底的我，第一次遭到老师的忽略，加上融入不了这个新集体，精神压力达到极限，当时的我真怕脑子里的弦“砰”地断了。晚上放学，我打开这首歌，清澈的女声环绕耳中，看着那一句句歌词，我怨恨自己为何这样迟钝，这歌中的“我”不就是我自己吗？只有自己才能最理解自己，知道内心的困兽是什么，知道怎么帮助才是对的，这世上没有真正的感同身受，能救出自己的真的只有自己了。

2021年，我看着手机里优异的成绩通知单，不禁扬起嘴角……

——读者 TEN YEARS

说一个我最喜欢的歌手吧（因为他所有的歌我都喜欢），《无限》《避难所》《不再流浪》《化身孤岛的鲸》《请笃信一个梦》《亲爱的旅人啊》《一期一会》……没错，我喜欢的歌手叫周深，每次听他的歌都能给我力量，他唱歌能让人产生共鸣。今年因为一些原因我来到外地上学，之前没有离家时，那些我没有听懂的歌词瞬间懂了好多。记得前几天，有天晚上《望》这首歌上线后我去听了，一边听一边看下面的评论，瞬间泪目。好幸运我遇见了他，在他的陪伴下，我度过了好多濒临崩溃的日夜，也希望他能够越来越好。

——读者 去C-929小星球捕大鱼

我在乐华家族演唱会上听到一位叫敖犬的歌手唱的《I'm the Best》，这首歌的歌词“别让现实操控舆论，糟蹋生活”“你管好你自己的嘴，我管好我自己的嘴”“我做好自己，没太多规矩”……那时候我正遭受一些流言蜚语的攻击而郁郁寡欢，听到这首歌之后就忽然觉得，是啊！为什么要管别人的嘴啊？做好自己的就行了，假的真不了！这首歌给我很强的代入感，我也没想到，在那样一个场合，那样一首比较燃的歌竟然让我泪流满面。

——读者 惜 惜

偶像篇

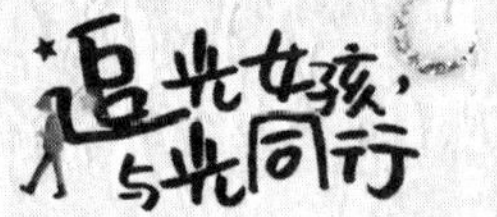

相信你一定也曾面临过这种时刻——明明自己没有做错什么，仅仅是因为某个部位没有长到他人的审美点上；明明自己没有害人之心，不过是因为性格中带着一分锐气；又或者，根本就是毫无缘由，大家就是喜欢拿你取乐，对你评头论足。

很可怕吧？我在年少时也经历过舆论旋涡，感觉自身整日困于黑洞之中。只是，我从没想过就此逃离。那样就太逊了，不是吗？我反倒真的就像关晓彤一样，在各种语言风暴面前，岿然不动。我不打人、不骂人，只是努力地盛开，以此反击。

所以，你知道该怎么做了吗？你我皆是玫瑰，不必感到抱歉，努力绽放吧！

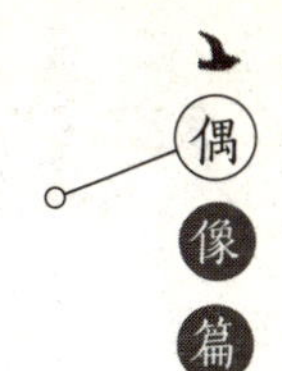

23岁的关晓彤，已经有19年时间是在与镜头打交道。

只要面对它，她就能很好地驾驭。即便在进棚之前，关晓彤只睡了五个小时。

但她依旧敬业和专业地对待这一次拍摄，很努力地在镜头前展现自己的美。

关晓彤确实很美。

她身高172厘米，腿长108厘米，体重也不到100斤。关晓彤的脸还那么小巧精致。肤白貌美的她，就像是现实中的“芭比娃娃”，堪称“女神”也，但有趣的是，恰恰因为她过于完美，尤其是那张略带英气的脸，这些年反而成了被人诟病的黑点。

“关晓彤怎么总是一副飞扬跋扈的模样？”

“关晓彤长了一张欺负人的脸。”

“关晓彤一看就不是一个很好相处的女孩。”

关晓彤和张雨绮在某种程度上，有着相同之处——她们都很美，美艳动人。

只是，她们美得都太具有攻击性。

这其实会很吃亏，至少相较其他女艺人，她们会在路人缘上落后一大截，还总要面对无事实根据的争议。

关晓彤无奈摊手：“大家看到的未必是全部，我被定义的也未必是自己。”

她感慨：“小时候，我如果被误解，自己根本化解不了。我会难过得吃不下饭，还会哭。随着年龄的增长，大概是成年后吧，我就觉得自己的内心已经变得无比强大。我很爱自己，不讨厌自己。”

她麻利地掏出眼影盘，打算再次教大家化一个“霸气臭脸妆”。

自从去年《二十不惑》这部剧走红后，关晓彤所饰演的“梁爽”不仅受到了大家的追捧，也再次成为热议话题——

“梁爽命令舍友关灯的样子，该不会是关晓彤本色出演吧？”

“关晓彤的脸那么‘臭’，真符合梁爽的形象。”

“关晓彤私下里就这么傲气吧？”

由一个角色引发的讨论，带点儿讽刺、带着些不公，还再次上升到了演员本身。

关晓彤盯着电脑屏幕思考良久，却并没有亲自下场，狠狠反击。

反倒是，她灵机一动，打开手机，进入了自己的直播间。

那天，她手把手教大家化了一个“霸气臭脸妆”，详细地告诉大家——这个妆容，应该涂什么颜色的眼影，应该怎样打腮红，更适合哪个色号的口红。

其间，关晓彤还自黑道：“我不用化妆就是一张臭脸呢！”她露出笑容，融化了所有舆论攻击。

她身如芭比，但是，心若金刚。

面对关于自己的流言蜚语，关晓彤先做到了“想得开”，然后，干脆“将黑就黑”，把黑点放大变成闪光点。如果说关晓彤是

一朵玫瑰，那挑剔的大众大概就是剪刀吧。大家总试图拔掉她的刺，即使关晓彤并无心伤害任何人。

可凭什么要“任人摆布”呢?

美丽又不是原罪，有色眼镜才是。

我们任何人都不该因为生来就是一朵玫瑰而感到抱歉，更不该为此去学会讨好的姿态。

除了容貌，关晓彤这些年被攻击的点还有“能力”。

她是天生自带黄金靴的少女，家境优渥，有着纯正的满族血统。

关晓彤的姓氏在满语中是“瓜尔佳氏”，是妥妥的八旗贵族后裔之姓。

关晓彤的爷爷是荣膺北京“德艺双馨楷模”之称的北京琴书创始人、北京曲艺家协会主席、演员关学曾。

深受家庭文化的熏陶，从四岁起，关晓彤就穿梭在各大片场，与张艺谋、陈凯歌等导演合作。

她手握着许多人羡慕的机遇、资源，这朵玫瑰太耀眼。越是这样，她就越会被推到荧光灯下，接受来自全民的检阅。

在某次活动中，有位记者一针见血，直截了当地问关晓彤：“你的演技在哪里？”在场的许多人都低下头偷笑，他们窃窃私语：“格格就是格格，这两年，她完全沉浸在‘玛丽苏’的海洋里不能自拔。”

大家口中的“玛丽苏海洋”，无非就是关晓彤在成年后所接拍的几部偶像剧——《极光之恋》《凤囚凰》《甜蜜暴击》。这也难怪会让关晓彤立于尴尬的境地，被人质疑：她是不是只能靠家里硬

捧，并无真的能力？

关晓彤自然清楚记者的问题指向哪些事情，她不卑不亢地答：“我很想接拍不同类型的角色，也已经做好了去接新剧本的准备，但这需要机会。在此之前，碰到不错的剧本，我还是想尝试一番。孙红雷前辈说过一句话，我一直清楚地记得。他说，没有一场戏，是过场戏。”她认为拍戏得走心，而不是靠脑。阅历越多，创作的空间就越大。

关晓彤没有嘴硬地狡辩自己就是个“演技咖”，她只是条理明晰地就事论事。对自己确有不足的部分，她从来不怕担责。可如果自己确实已经尽了全力却仍然被千夫所指，那关晓彤一定会有自己的态度。

相信很多人还记得，关晓彤曾经说过一句话：“在质疑我们之前，先看看你们自己吧！”此番言论曾引起不少人的反感，让关晓彤再次败坏了“路人缘”。

可整件事情的前因后果是——在关晓彤作为青年大使出席丝绸之路国际电影节时，有些记者又在追问：“如何看待外人评价青年演员空有流量没有演技这件事？”

关晓彤歪着头思考了一番，打算替所有青年演员说句公道话，这才干脆地说道：“我们是青年演员，一直在不断学习。只要自己有心，我觉得每个青年都应该被允许‘犯错’，然后再进步的。如果大家非要今天质疑这个，明天质疑那个，那不如先看看自己吧！”

她向来不想做谁的芭比，故作乖巧和稳重。更何况，在关晓彤出道的这些年，虽不能说她的演技已经达到炉火纯青的地步，每个角色都能做到好评如潮，但至少，关晓彤确实已经很用心地去拍戏。基本只要站在镜头前，关晓彤就能保证戏份“一条过”。

她问心无愧，从容自信。带刺的玫瑰以努力盛开的姿态，回敬所有的语言风暴。

除了容貌、能力，关晓彤的恋情也一直备受大家关注。

2017年，正处于事业上升期的关晓彤和鹿晗，在微博大方公开恋情。此条信息一经他们的客户端发出，便直接以“爆”的形式位居微博热搜榜第一名，引起了服务器的瘫痪。鹿晗的许多粉丝为此而脱粉，还有不少人直接在微博上对关晓彤破口大骂。

更多的人则是在问：“鹿晗为什么会选择关晓彤？她那么做作，难道他看不见吗？”

关晓彤百口莫辩，她也不想解释。由于长着那张“霸气臭脸”，说话又直来直去，人们早已习惯把关晓彤归为“坏女孩”。她知道自己说再多话也没用，只不过是越描越黑。那还不如做好自己该做的事情。

恋情曝光后，关晓彤并没有只顾着谈恋爱而荒废了学业和事业。她不仅继续按时上课，还接拍了多部电视剧、电影，以及参与到了“王牌家族”开始录制综艺。

一开始，在工作之余，人们提起鹿晗，关晓彤是有些闪躲的。毕竟，二十多岁的女孩第一次谈恋爱，还是和顶级流量明星谈恋爱，关晓彤也顶着巨大的压力。她生怕自己说错一句话就会引起风波，被千夫所指。

“我没想到自己在二十岁这年，会真的被骂哭。”能量强大的玫瑰，在某个瞬间，近乎要被“口水战”淹没，差点儿枯萎。那时候，她就像又回到了小时候，整日看着恶评不吃饭、不说话，只默默地掉眼泪。她确实无精打采了一段时间，可没过多久，关晓彤就

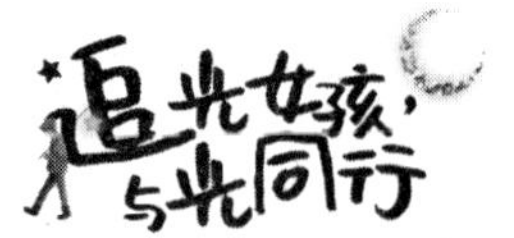

恢复了先前的洒脱。

当关晓彤又一次被问“理想型是什么样”时，她没有再避而不谈，反倒是害羞且坦诚地说道：“这不都摆在那儿吗？”她暗指鹿晗符合自己所有的理想型，是绝佳男友。

这一次，关晓彤没有再怕。她的勇敢，恍然之间，便让人想到了关晓彤曾说过的一句话：“我会直面风雪和春风，胸怀星辰和海洋。”

是呀！人生在世，总有些无可奈何的时刻。我们常常会因为某个部位没有长到大众的审美点上或是某句话没有说到旁人的心坎上，又或者是刚好把握到了所有人都认为的美好机遇而深陷舆论攻击。我们自知并没有做错什么，只是觉得委屈。甚至会因为内心盛满了太多苦涩而想要用极端的方式，逃开这个令人生怖的世界。

可亲爱的女孩，你们看一看关晓彤，她已经算得上女星中的翘楚，不还是在经历语言暴力?

所以说，这不过是生而为人的定律：我们处在世间总会被关注，总会被议论。

你们也不要怕。你们要像关晓彤一样，只要没有害人之心，行得正、做事稳，那做你自己就好。你要相信——懂你的人自然懂，不理解你的人，大可以忽略。

人生有限，我们应该心怀星辰和大海，而不是沉醉于乱世流言。

你更应该明白——我们遭受争议，也不过是因为自身耀眼而已。身为一朵玫瑰，最美的盛开就是对“流言”制造者最大的反击。

不然的话，你们再看一下——

又是一次拍摄。关晓彤依旧化着“霸气臭脸妆”，穿着短裙，

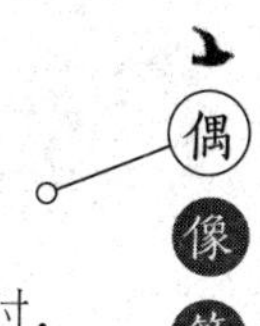

敬业地站在了镜头前。带刺的玫瑰还是带刺，从未改变。但此时，不会再有人去抨击她。

最好的报复，其实就是在坚守良心的情况下，尽可能地绽放美丽，绽放人生。

我们在学习、工作中，难免都会有用力过猛的时候。为了某个目的，我们会不眠不休，会肝脑涂地。该奋斗的日子，我们确实应该全力以赴。但是，人生不只有“励志”这一种状态。张弛有度，才是处事之道。一直有“拼命三娘”之称的赵丽颖，她知道该如何逐梦，又该如何造梦。赵丽颖能在“出世”和“入世”之间自如地切换，她所信奉的英雄主义就是——永远无所畏惧，也永远热泪盈眶。那么请你在累了时，也不必心怀愧疚，好吗？女孩当自强，但我们也有权利暂且歇歇脚，养精蓄锐后继续奔跑。你知道吗？学会爱自己，也是成长之路的必修学科呢！

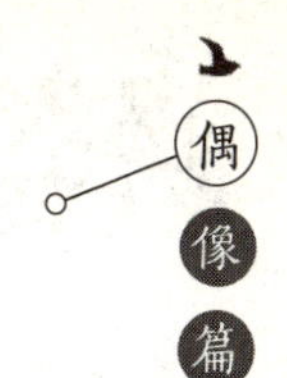

赵丽颖：与这个世界硬碰硬，却也能够把日子过成诗

1

过去，别的同事说想玩、不想工作时，赵丽颖一点儿也不理解。她向来有“拼命三娘”之称，做任何事都信奉“不疯魔不成活”的道理。直至接拍了《知否，知否，应是绿肥红瘦》这部剧，赵丽颖才有了别的想法。

“盛明兰”这个角色触发了她对人性的理解，激发了她对生活的思考。赵丽颖说：“我那时年轻，表达情感的方式很直接，对角色的理解也直接，因为没有经过现实生活的洗礼。不服我就对抗，我就一部戏一部戏地接，不知疲惫。”她曾把整个人交付给工作且接受来自导演和大众的检阅，给出了让所有人都满意的答卷——《陆贞传奇》《杉杉来了》《花千骨》《老九门》《楚乔传》……赵丽颖所接拍的每一部作品都是经典，它们不仅可以横扫寒暑假档，还能在各大颁奖礼上占有一席之地。甚至，赵丽颖在决定休假之前，还凭借《知否，知否，应是绿肥红瘦》这部口碑超赞的古装剧斩获了大奖。但是这一次，赵丽颖并没有“乘胜追击”接拍其他作品，反而给自己放了一个无限期的长假。

赵丽颖选择了“出世”，回归了生活。

她去超市给自己买了一堆零食，囤在家里，又罗列了一个热播综艺和电视剧的名单，还买了一堆自己喜欢的家居物件。赵丽颖笑嘻嘻地说："我买完一批小东西，若从网上发现了更好的物件，我就再换一批。哪怕只是一个纸巾盒，是宝宝用品的收纳盒。"那段时间，赵丽颖领悟到了走下神坛，踏实过日子的乐趣。白天，她就拿着一把尺子，把家里多余的空间仔细量遍，再从网上大批量地购置零零碎碎的物件，然后开心地等待它们的到来，满足地看着它们填满整个房间。晚上，忙碌了一天的赵丽颖，会在晚饭过后给自己泡杯茶。她会手捧着它，瘫坐在沙发上，一边泡脚一边舒舒服服地追剧。赵丽颖说："大家公认的好剧，我都看了。后来，我特别想看一些新鲜的作品，于是便把计划本收了起来。"原本按照清单，像完成任务一样，一部一部去追剧的她，忽然开始随心所欲地"挑"着看。赵丽颖觉得网络自制剧特别有趣，新鲜的面孔、新鲜的剧情能给她无限想象的空间，也能让她的脑细胞重新活跃起来。毕竟长时间地投身于拍戏这件事，已经让赵丽颖的思维开始固化，让她感到异常疲惫，仿佛整个身体都早已被掏空了。

赵丽颖需要放松，更需要好好地调养。趁着休息的时间，赵丽颖特意去医院做了一个检查。拿到体检报告的那一刻，她直接蒙了——赵丽颖的后脑不仅有血栓迹象，肝经也全部瘀堵；她的骨头还有很多旧伤，迟迟未能痊愈。据赵丽颖回忆，那一张张诊断书简直让她哭笑不得。尤其是当医生告诉她"你要多吃钙片，晒太阳"时，赵丽颖倍感无奈，她心想：自己还那么年轻，怎么就像个老太太一样体弱多病了呢？她开始换一种思路去靠近"英雄主义"，不再那么拼命，不再那么着急。在该喘口气的时候，赵丽颖选择了暂且歇息。

"还好，当时，我给自己放了一个假。我真的需要缓缓，再往前冲。"她沉浸在细微的幸福中，趁着风和日丽的日子，走出房门去看了看外面的世界。

阳光正好，赵丽颖走在街道上深深地呼吸。她亲切地与蓝天白云招手，轻嗅草木的味道，见到喜欢的建筑物，赵丽颖还会跑过去与之合影。她边走边看，边看边唱，不用“营业”，没有记者追着跑和粉丝簇拥着的生活，让赵丽颖感觉到自在。直到现在，她都很怀念这段时光，也对昔日的体验有着颇多感慨。

“我想对自己好一些，自己好了才有更好的东西。”人生在世，我们常常会在追求某件事的过程中，忽略了自己，忘记了自己。赵丽颖也曾在梦想之路上马不停蹄地奔跑。一旦驻足休息片刻，她也曾满怀愧疚，觉得浪费了时间。

追风赶月莫停留。

少年满怀热血时，大抵都一样。我们都是一心想着往前冲，不想顾及身边的风景，也没空爱惜自己。但很可能，正如赵丽颖所说的那样——我们唯有对自己好一点儿，多多感知这个世界，才有可能酝酿出巨大的能量，才有可能以最美的姿态去改变这个世界。

决定“入世”，重回娱乐圈之前，赵丽颖还是在追剧。

之前她特别喜欢看水怪、探案等网络自制剧，在即将开工的前夕，赵丽颖则更倾向于去看一些热血电影，比如《哪吒之魔童降世》。她很清楚地知道，若想要做到剑出鞘即再次散发光芒，那就必须先从心理上给自己暗示，重塑一身钢筋铁骨。

“我喜欢那句台词——我命由我不由天。哪吒那份不认命的韧劲，特别像以前的我。”她在试着把“拼命三娘”的状态找回来，把演员应该具备的敬业精神召唤回来。

“我是个演员，必须做好自己的本职工作。至少，我得当个榜样，感染到自己的粉丝。”复工后，赵丽颖除了亲自给酒店的房间里摆了两盆花，其余时间，她就是在研读剧本。

而看看她之前合作过的剧本，它们一本又一本地摞在那里，差不多跟赵丽颖一样高。足以见得，这些年，赵丽颖的“英雄主义”并不只是说说而已。她是真的躬身入局，实实在在地去实现自己的“英雄梦”。拍摄《楚乔传》时，赵丽颖为了真实地表现出楚乔的英姿飒爽，坚持不用替身，亲自骑马。结果，马因受惊直接把她狠狠地甩在了地上。见此情景，在场的所有人都吓了一跳，大家立马围上去，打算搀扶赵丽颖。不服输的女孩却深深地吸了一口气，在众目睽睽之下，她咬着牙独自站了起来。一个跨步，赵丽颖再次跳上马背，大声喊着“驾、驾、驾”。她给自己的承诺就是，只要立于镜头前，就要拼尽全力去努力，去把演戏这件事当成信仰般对待。源自内心的强大信念支撑着她完成了拍摄，让《楚乔传》这部剧成为史上第一部在播期间播放量破400亿的中国电视剧。当然，其代价是——摔下马的赵丽颖由于没有及时就医，她腰部的某块骨头严重突出，再也无法医治。

赵丽颖也感到奇怪，怎么当时她都没觉得疼呢？在某次采访中她笑着说：“我也尝试过做其他工作，可它们都不能给我一种情绪很高昂的感觉。唯有拍戏这件事，让我上瘾，让我忘我。”入世的赵丽颖，一点儿都不像休假时的自己，慵懒、悠闲。

她又开始拼。这是专属于赵丽颖的处世之道：出世，她会持守安宁；入世，她务必要乘风破浪。

早些年，赵丽颖还未当红。她在20多部影视作品中，甘当绿叶，一个人默默地匍匐前进。赵丽颖从未觉得自己不是花，就是一件很丢人或是值得气馁的事情。她觉得人在江湖，只要认认真真做事、踏踏实实做人，绿叶也会有春天。

赵丽颖说：“幸运不会平白无故掉到我的头上，别忘了，之前

我有过七年的积累。机会，它会属于在默默无闻中做准备的人。”

人生如戏，戏如人生。她本人的经历与《知否，知否，应是绿肥红瘦》这部剧里盛明兰的故事，有着诸多相似之处——她们都是在沉默的时光里，使劲地扎根、发芽，努力又努力地从嫩叶成长为参天大树。2021年，赵丽颖在同一时间内官宣了三部剧，分别是《有翡》《谁是凶手》《幸福到万家》。已经手握名利，坐稳宝殿的她，原本可以不用那么拼。然而，赵丽颖还是说：“我不能一直躺在过去的成绩里睡大觉，不能仅仅满足于过去所塑造的形象。”

初心弥坚，有诺必践。赵丽颖回想起自己刚入行时的心情，她再次飞快地奔跑起来。

奔跑吧，拼命三娘。反正她已经学会了累的时候就缓缓，那就希望赵丽颖永远都能在“出世”和“入世”之间自如地切换——该跑的时候不遗余力，全力以赴；想玩的时候放纵放肆，尽情娱乐。

同时，也希望每一个奔跑着的少年和少女，不要太为难自己、压抑自己。只要你拥有一颗永不止步的心，那么，目的地总会到达。只要你像赵丽颖一样，肯吃苦、肯奋斗，那么，想要的人生也一定会握在自己手里。但如果你累了、倦了，请记得要好好地睡觉、好好地吃饭，学会暂且放空。赵丽颖说：“人总有累的时候，生活非常重要。”她所信奉的英雄主义就是——永远无所畏惧，也永远热泪盈眶。她想跟你继续探索宇宙的惊奇和神秘，却也想跟你在河边钓鱼和吹风。

那么，你愿意吗？你愿意跟着她的节奏，与这个世界硬碰硬，却也能够把日子过成诗吗？我猜想，你一定愿意。因为，你喜欢她。你并不舍得赵丽颖身体力行地为你做榜样却辜负了她的好意。因为，你喜欢她。你喜欢的她就是光源，光源指向哪里，你自然就会跟向哪里，顺光而行，与光相伴。

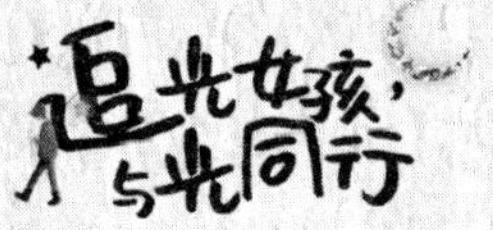

孤独是人生常态。我们在生活中，总会有很多时刻，要深陷在“孤独”中——有时候，我们需要一个人去直面很多事情，去感知时间的漫长；有时候，就算我们周边有很多人，也会从心底“冒”出一份孤寂，整个灵魂都会很寂寞。想要“驯服”孤独，必须沉住气与之对抗，必须学会苦中作乐。若你实在不知道该如何去做，那就看一看“小猴子”杨紫的故事，让她来告诉你：其实应对孤独，并没有那么可怕，我们每个人都能做到。

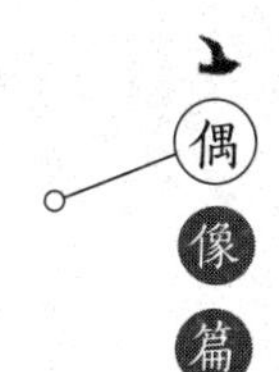

杨 紫：时光赠予的礼物，能把孤独驯服

1

众所周知，杨紫是一名拥有着二十多年戏龄的“老戏骨”。

她从小就想演戏，想像小燕子一样在荧幕上露脸且做到心想事成——10岁的她，因出演古装历史情感剧《孝庄秘史》里的小宛如，开始在影视圈崭露头角；12岁的她，又和何炅出演了《女生日记》，并凭此剧得到第12届中国电影童牛奖优秀儿童演员奖提名；随后，她参演了大家耳熟能详的电视剧《家有儿女》，红遍大江南北。

年少的杨紫，一路平步青云，做到了张爱玲口中所说的“出名要趁早”。

尤其是《家有儿女》播出后，杨紫所饰演的“小雪”成为大家认可的“国民女儿”，让荣誉与赞赏加身。如此幸运，杨紫本应该像电视剧中的“大女主”般开挂，一路顺风顺水，扶摇直上。然而，谁都没想到，随着时间的推移，杨紫竟成为“童星中的反面教材”。

“杨紫怎么还是有着婴儿肥？像当初的小雪。”

“杨紫演什么都还是很像小雪。”

“杨紫就得乖乖的，做我们的闺女。”

杨紫的“蜕变期”，是被放置在舆论中的。她若是有所成长，

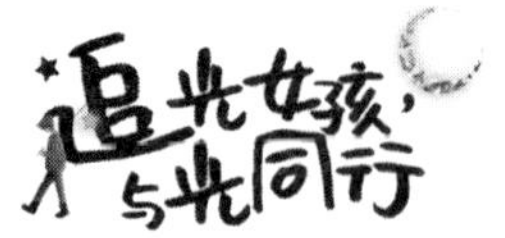

观众们就会觉得好像要失去“小雪”，失去一个陪自己青春过的见证人；她若是没有改变，观众们又会感觉很失望，有种自家孩子一点儿都没有长进的失落感。

无论杨紫怎么做，她都无法满足大众的期待，得不到认可。

再加之，此时，杨紫并没有长开。杨紫在一群小花中不够博人眼球，她的戏路越来越窄。

连同娱乐圈的前辈宋丹丹都语重心长地对杨紫说：“孩子，你说这么多漂亮的小女孩，咱又长得不算那么漂亮，所以还是不要拍戏，好好学习吧！”

宋丹丹视杨紫为自己的女儿一般，担心她一旦选择了不适合自己的方向，便会过得很辛苦。

众说纷纭，杨紫感到了深深的孤独。她就像走在一条异常辛苦且没有太阳照亮的路上，无人陪伴，无人支持。连同很亲近的人都在劝她：“回去吧，趁着还没走多远，回到原点吧。唯有如此，你才不会深陷泥沼，才能有退路。”

杨紫泪眼婆娑，无法反驳。她深知许多人是好心，也懂他人的不理解有一定的理由。她无法开口去反驳或是为自己找一堆说辞，却也不愿意就此放弃，沿着来时路走回去。

杨紫只想往前跑，哪怕只能形单影只地往前跑。

杨紫说：“没什么拍戏的机会，我就一次次跑剧组。我就一次次跟着导演，毛遂自荐，争取机会。即使我只能接到一些小角色。”她一个人对抗着从众人拥趸到无人可靠的孤独感，努力地给自己做心理建设，寻找机遇。

有句话叫“你能受得了多大的孤独，就能守得住多大的繁华”。

一个人吃饭、逛街、乘公交，其实没那么可怕。更为可怕的是，你要在逆境中，一个人吃饭、逛街和乘公交，要让自己的心深受煎熬且只能独自承受。

不过，还好杨紫没那么脆弱。

杨紫是在他人都不看好的情况下，顺利地考入了北京电影学院。新的环境，她却没有新的境遇。读书那几年，杨紫还是没戏可拍。

回想起这段经历，杨紫很坦然地说："时代在变，流量为上很正常。我那时候没什么商业价值，理所当然也就接不到工作。"她并不是一个容易自怨自艾的人。

杨紫很乐观，也总会逗自己开心和给他人快乐。

曾经，有一个采访是问娱乐圈的男明星们："朋友圈里，谁发的内容最有趣？"

张一山不假思索地回答："那肯定是杨紫啊，她就是一个活脱脱的'神经病'。"

邓伦点点头，附和道："对，杨紫每天除了快乐就是很快乐。"

李现没有否认，他笑了笑，继续说："是的。杨紫的朋友圈最有意思，她就是个'段子手'。"

连真正的老戏骨张家辉都坦白承认，他觉得杨紫特别可爱，自己是真的很喜欢这个古灵精怪的女孩子。

而至于这个广受大家好评、被各种追捧的朋友圈究竟是什么样子，或许，我们能从她微博所发出的朋友圈截图，窥探一二。

杨紫的朋友圈完全就是一部唠叨式流水账般的生活记录宝典。

她去喝奶茶的事要写一写，要广而告之自己要求店员把能加的芋圆、珍珠、花生……全部加到了杯子里。结果是最后把这个超大杯奶茶拿在手里时，杨紫感觉自己好像买了一碗粥，还差点儿问店家要把勺。她去机场的事要讲一讲，告诉大伙别看有人扛着摄像机和照相机跟着自己跑，他们根本就不是杨紫的粉丝，而是一同出现在这里的大咖级人物已经让秩序彻底瘫痪，记者们挤不进去拍顶级流量，又不想空手而归。

于是，就退而求其次，拍一拍她；她要减肥的事也得吆喝吆喝，杨紫立下豪言壮语说节食。

紧接着，她又因没管住嘴，只能再发个朋友圈证明上一条朋友圈仅仅是个flag（目标）。

杨紫拥有有趣的灵魂，她能把自己照顾得很好。她根本不怕孤独，不怕一个人生活和独处。Learn to be happy alone，并不是她在成名后为自己立的人设，而是她在成名之前就在训练自己的事情。

刚从北影毕业的那一年，杨紫终于有机会可以进组，去拍摄长达79集的传奇年代剧《大秧歌》。

她很珍惜这来之不易的机会。导演要求演员们必须用一整年时间，驻扎在剧组来完成这部剧，杨紫就乖乖地听话——她真的一天都没离开拍摄地。

有一次，杨紫一周只有三场戏，她都没有在拍完后要求出组去周边逛逛。杨紫给自己买了一大堆拼图，无聊的时候，她就和自己玩。

杨紫在独处的时光里，练就了强大的内心。

这颗“强心脏”，一直陪伴着杨紫，让她无论遇到什么样的境地，无论要拥抱哪种孤单，她都能很好地应对。

善于独处，乐于独处。

只要我们能很好地调教寂寞，那么，不管将来谁从身边离开，我们都能很好地继续生活。

《欢乐颂》这部剧是让杨紫红到发紫的作品。若不是它的面世，很可能，杨紫不会在之后的工作中接到《香蜜沉沉烬如霜》《亲爱的，热爱的》《烈火英雄》等多部电视剧和电影。那她也就不可能成为现如今炙手可热的大势走红的女星，不可能彻底摆脱无戏可拍的尴尬境地。

然而，有得必有失，是自古的道理。

杨紫今时今日的成功，肯定付出了一定的代价。至少，起初在拍《欢乐颂》时，她是不快乐的。

杨紫说："专业的演员肯定都会知道什么人设最吸粉，什么样的角色更讨喜。我在拿到剧本后，有找过导演。我希望他同意我饰演曲筱绡，导演却拒绝了我。我想了想，接受了。然后，我又提议，要不然我就演循规蹈矩的关关。可导演还是对我说了不好意思并且直接告诉我，让我选择邱莹莹这个角色。"她努力地回想着当时的情景，诚实地说道："我不得不同意，否则，我又没戏可拍。"

杨紫一直拎得清，很清醒。她还是坚持采用"曲线救国"的策略，先维持曝光度，有作品，再去挑剧本。哪怕从进组后，杨紫就很痛苦，她又一次地深陷孤独中。

杨紫叹气："每个人都在跟我说，邱莹莹这个角色就是蠢、傻，你随便演就能突出她的特征。可是，我的心里很煎熬。我是个演员，有着演员的专业素养，不可能草草应付了事。"她觉得再次

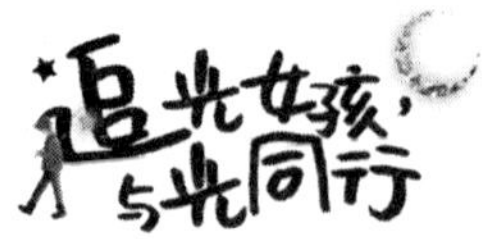

见到了幼时的自己，每个人都不理解她，不鼓励她。每个人都在与她逆道而行，还劝她早点收工回家。

杨紫很伤心，她在那条没有光亮的路上，踟蹰了一会儿。她冷静下来，想了想。然后高呼："不行，我得继续自我拯救。"

她开始为邱莹莹设计一些专属动作，还找导演聊剧本，自己创作了一些搞笑台词。杨紫从最初讨厌"邱莹莹"到一点一点地接受"邱莹莹"，再后来，"邱莹莹"成为她最好的朋友。

杨紫终于不再孤单，每个角色都给予了她陪伴。她逐渐学会了利用角色的认识来丰富自己的生活。

拍摄《亲爱的，热爱的》时，杨紫又进行了一种全新的尝试，她故意把台词说得很慢，有些尾音也故意讲得软绵一点儿。她用了最大的努力去饰演佟年，让她可爱，而不是傻白甜。

杨紫说："我的优势就在于，我要去好好演戏，演好角色。当我这个角色播出来被导演注意到，他们觉得这个女孩演得好时，我就获得了成功，有了下一个机会。"这是她在无人理会的蛰伏期所想明白的道理。

杨紫从未在孤独的时刻，去做一些无意义的事情。她走在那条本是漆黑的路上，累了，她就给自己讲个笑话，歇歇脚。能跑得动，那她就绝对不会停下脚步。沿途必然有很多诱惑，试图在她空闲时，拽她去浪费光阴，偷走她的灵气。杨紫却守住了寂寞，守住了自己。

她认准目标，潜心修炼，最终，用几年时间成了名副其实的"演技咖"。杨紫却仍旧在说："其实，每一年，我都会有瓶颈期。观众太过熟悉我的脸和声音，那我就得暂且闪躲一下，不要再踮着脚去出镜。"昔日担心没戏拍的她，在羽翼丰满后并未乘胜追击，展翅翱翔。

她学会了守拙，敛守锋芒。

这种改变，是那段沉默的时光赠予她的礼物。

所以，亲爱的女孩们，请不要害怕“扎根”时期的孤独。我们生来孤独，在追求梦想的路上，更容易感到孤独。这些皆是常态，是不可避免的。

只要你能扛住孤寂时期的抨击，你能把握住孤寂时期的机遇，你能在孤寂时期心怀乐观，那么，总有一天，你会像杨紫一样，厚积薄发，拥有更多的光芒和智慧。

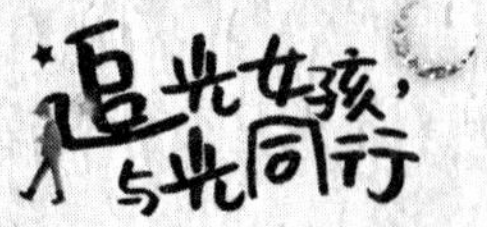

小时候，我们都看过一个童话故事——皇后总爱拿着魔镜问："魔镜魔镜，谁是天底下最美的女人？"相信每个女孩也都问过自己这个问题。有些人或许瞬间就得到了满意的答案，有些人可能一生都深陷这个疑惑。若你属于后者，那不妨来看看周冬雨的故事。说不定，你会豁然开朗。

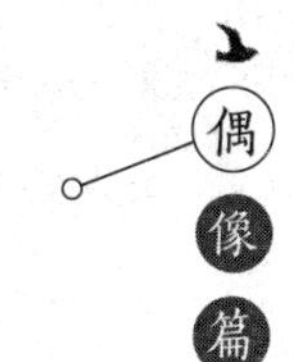

周冬雨：全世界都可以不爱我们，但我们必须爱自己

女孩在成长的过程中，难免会对自己的“容貌”产生怀疑，尤其是当我们的五官和大众审美标准之间存在着差异时，大家便会禁不住迷失自我，会失去自主为“漂亮”下定义的权利，开始变得越发不自信及随波逐流去追求医美。

然而，亲爱的女孩们，你们知道吗？真正的“美”，应该是一种动态美。它无规律可循，没有固定模板；它独一无二，野蛮生长；它是因你认可自己的不完美而散发出的一种强大的气场，它是因你接纳自己的缺陷而滋生出的一种轻松坦然。我们都该追寻这样的一种美，像周冬雨一样，学会爱自己。当然，在拥有这样的一份美丽之前，每个人的内心也都需要一些痛苦的历练。

周冬雨在六岁之前一直没留过长发，还总以寸头的形象出现在外人面前。她的母亲认为这样比较方便，至少在赶班之前，周冬雨常常洗把脸就出门。可对周冬雨来说，这一点儿也不方便。

周冬雨走在路上，总会被当成男孩；同班的女生也不愿和她一起玩耍。她很孤单，很不快乐。有一次，周冬雨鼓足勇气问她的母亲：“我长得漂亮吗？”她试图从最亲近的人口中得到认可，结果，是更失望。

周冬雨的母亲直截了当地说：“孩子，你不漂亮啊！咱们隔壁

××家的女儿才是真的水灵。”

“哦。”简单回复里暗藏着周冬雨的失落及她的难过。她看了看镜中的自己，好像确实不漂亮，不符合大众所定义的“美”——周冬雨长久地留寸头或是短发，她没有双眼皮，眼睛又细又长，不够炯炯有神；而且，她的衣橱里非但没有裙子，自从升入初中后，周冬雨的母亲以担心周冬雨会在上学途中感染风寒为由，严格要求她穿多层秋裤，把她裹得像头北极熊。

周冬雨的外貌如此糟糕，又怎可能与“漂亮”这个词沾边？她郁闷地戴上耳机，反复听王心凌所演唱的《第一次爱的人》。

彼时，她与青春期的少女一样，正处于少女情怀总是诗的阶段——她渴望别人能看见自己、认可自己。她想漂漂亮亮地走到他人的面前，说：“我们做个朋友吧？”然而，只要想到镜中的自己，周冬雨就会选择原地止步，再不向前去靠近同学们。

“颜值”终于成了某种牵绊，不仅让周冬雨画地为牢，还让她有了奇怪的想法。

周冬雨说：“我觉得王心凌酷毙了，曾模仿她去打了七个耳洞。”她试图以另类的方式来标榜自己的美丽。那个时候，她并不懂：每个人都有独特的魅力，她本身的样子就很美。

“别看周冬雨人小，她其实非常有天赋，是个好演员。”十七岁那年，专心准备艺考的周冬雨遇见了张艺谋。

冬天的南京寒冷且潮湿，周冬雨在某高校门口候场，等待考试。她歪着头，琢磨着究竟要跳哪一支舞才能打动考官的心，顺利地通过艺考。这时，忽然有个人走过来，对周冬雨说：“我们正在为一部电影选角，我能给你拍个视频吗？”

导演助理讲得诚恳，周冬雨的第一反应却是："这不会是个骗子吧？"她真是不敢想，仅凭自己这张不漂亮的脸就能受到导演组的青睐，却又抱了一份侥幸的心理。

但她又想，万一呢？万一他们真的是在艺校门口选角，那为什么要拒绝？反正拍个视频，我也不会损失什么。

她点头应允，紧接着，转过脸去，面对镜头微笑。此时，周冬雨还未想到，即将有一个惊喜及一场风暴在等待着自己。

张艺谋亲自给周冬雨打电话，告知她前来北京试戏时，她的脑袋里出现了一个大写的"蒙"字。像她一样感到震惊的，还有剧组的所有人。大家不约而同地问："周冬雨的长相最为平常，张导为什么要从6000多个女孩中选择她？"不只是工作人员，在《山楂树之恋》上映后，观众们也一直在追问：新任谋女郎，静秋的扮演者为什么会是周冬雨呢？她明明长得不漂亮，不惊艳。

质疑的声音不绝于耳。

一时之间，无人在意周冬雨的演技是否过关，大家只是"拼了命"地往周冬雨的身上贴标签，评价她："小家子气的长相""粗犷的声音""干瘪的身材"……无数个代号开始与她挂钩。最过分的是，还有人称呼周冬雨为"最丑谋女郎"。

在众多言论攻击下，原本就介意自己长相的周冬雨，变得更加自卑。她开始不苟言笑，面对采访时，周冬雨还有点下意识地闪躲，这也就导致那段时间，众多媒体都将"周冬雨臭脸"的罪名扣在她身上。

在某次采访中，回想起那段经历，周冬雨感叹："我曾迷茫过、伤心过，还曾看着恶评使劲地哭。"她原本以为长大就能摆脱的"容貌噩梦"，始终驻留在生活中，周冬雨深感无力却也挣扎了一番——每次出席活动，周冬雨都精心打扮，试图以此来改变风评。她尽了自己的那份力，大众却并不买账。

“周冬雨不仅长得不漂亮，还缺乏审美。”

想要批判一个人，总能找到各种理由。周冬雨再一次遭到嘲讽，她越来越困惑，不知道到底要怎样做才能美一点、更美一点。她像我们大多数普通的女孩子一样，曾在某个瞬间，恨不得冲动地把他人眼中“丑”的部分全部改变，然后心满意足地得到魔镜的回答：“主人，你就是天下最美的女孩。”

还好，紧要关头，周冬雨保持了理智。

周冬雨人生中第三次，也是最后一次因容貌问题被推至风口浪尖，是在拍摄《麻雀》期间。这部谍战片是周冬雨的转型之作，让她一次次地冲上微博热搜。

只是，大家还不太习惯“释放型”的周冬雨，总觉得丢了女神包袱，不再在镜头面前“收”着的她，每场哭戏都很“辣眼睛”。同样，许多人也认为，周冬雨并不是“徐碧城”的绝佳人选，毕竟，身形瘦小的她可是连旗袍都撑不起来。

大家再次就周冬雨的外形指指点点。相较幼年期要通过模仿他人才能寻到自信，上升期要疯狂逃避问题才能获得快乐，这一次，周冬雨选择了直面且积极地应对。

她说：“我之所以接下这个角色，就是因为能从徐碧城身上看到曾经的自己，青涩、不安和慌乱。”周冬雨干脆地点头“认罪”：我，周冬雨，确实是走不了美女路线，眼睛还长得特别奇怪。似乎，每一次，我只要不笑就会给人高冷的感觉；我若是笑了，眼睛的弯度又太厉害，会让人瞬间出戏。我真的有想过让眼睛再大一点，鼻梁再挺一点儿，个头再高一点儿……但现在，我觉得

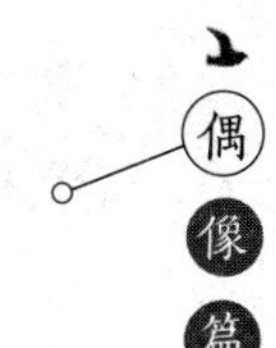

你们完全可以说我长得丑，只要别骂我演技差就行。

她用玩笑的语气，说着自己的真实愿景。

过往曾困扰周冬雨的“容貌”紧箍咒，通通不再有效。她终于不再像一只小松鼠，每次吃松子时，总是战战兢兢，生怕会有人嫌弃自己的吃相。

周冬雨开始变得强大、从容，为自己做主。

她已学会了去修炼“平静”的内功，练习着去发现自己的独特和可爱，渐渐地，周冬雨还学会了“厚黑学”——她特意找了一张很像自己的卡通鸭子图片作为微博头像，如此行为，不禁让人莞尔一笑。

是啊！一旦连当事人都对大家的攻击点不再那么在意，那寻不到乐趣的进攻者自然会识趣地散伙。更识趣的人，不仅会摆摆手离开这场无妄的骂战，还会给予当事人一个“赞”，钦佩她的胸襟和气度。

周冬雨深谙这一点，所以，她不再去迎合大众，当一个群众口中的“丑小鸭”。

已经立于阳光之下，照镜子不再有那么多内心戏的周冬雨爽朗地笑了起来，她说：“人是世界上最复杂的动物，总是会有自己喜欢的，或者不喜欢的。每个人都是不完美的，有人欣赏我很正常，有人讨厌我也很正常。我很难做到让每个人都看好我，因此，我决定做自己就好！”她逐渐把世情看得通透，基于周冬雨正确地认识了自己。她知道自己就像那首《不完美的小孩》里唱的那样——自己的笑不够阳光，梦也不太漂亮。

但这一次，周冬雨不再迎合大家，缩手缩脚。她挺直了腰板，面对镜头。这一刻，她真的很美。

已经寻到了自身闪光点的周冬雨，同时拓展了戏路。拍摄《七月与安生》时，周冬雨主动出击，掌握了主导权。

她对导演说："我不想再演温柔贤惠的角色，这一次，我想尝试饰演叛逆女孩安生。"随着自信心的树立，周冬雨对自己有了更为清晰的认知。

她进行了突破，当然，这个决定是正确的。

凭借在这部电影中的优秀表现，周冬雨一举获得了包括"金马影后"在列的八个奖项。

乘胜追击，周冬雨又接拍了《少年的你》。

没有人想到，曾经被人嘲讽的瘦弱女孩，这一次，竟然凭借身高和长相的优势毫无违和感地饰演了17岁的高中生。因剧情需要，周冬雨又像小时候一样剃了寸头。

"我是主动要求剃寸头的。"周冬雨自豪地说。

她变了。

女孩再也不似最初那般，对自己的容貌斤斤计较、各种盘算。她抛开了"容貌焦虑"的枷锁，活得潇洒。不美又怎样？少女们不是只能靠着美貌才能行走江湖，跑马圈地。人这一生中，比相貌更重要的是你的才华、能力及那颗无所畏惧的心。

更何况，周冬雨一点儿也不丑。

她活出了每个女孩都渴望的样子，娇小的身体里蕴含大大的能量。

她成为自己喜欢的样子，可以穿裙子，也可以穿裤子，能留长发，也能剃寸头。

她古灵精怪，活泼可爱。她的美，是她自己说了算。

她的美，是一种动态的、多样的美，我们都该欣赏这份美，赞

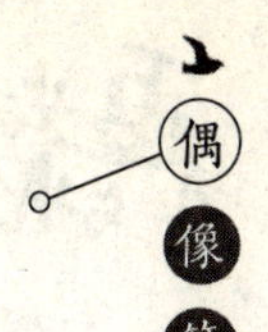

扬这份美。

愿你，也可以在历尽千帆后，骄傲地说出：“我很美。”愿我们每个人都清楚，全世界都可以不爱我们，但我们必须爱自己。

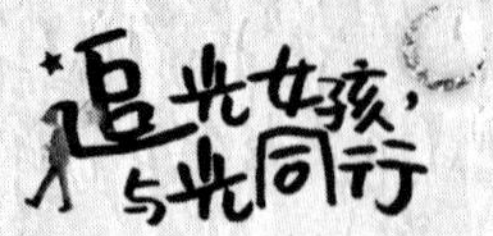

真正的“好刀”，其实要善于藏，要懂得收敛锋芒。但是，大多数时候，我们都太急于长大，学不会低调，更不善于安静地存在。我们都以为只有大声歌唱，才能被注意到；我们都以为只有高调做事，才能被发现；我们还以为唯有张扬的女孩，才会得到万千宠爱。事实上，我们都错了。其实，很多时候，安静也是一种力量，是一种魅力。谭松韵就是用自身的安静为自己寻到了机会，找到了爱。那亲爱的女孩们，我们为什么不去学习这份“安静”呢？

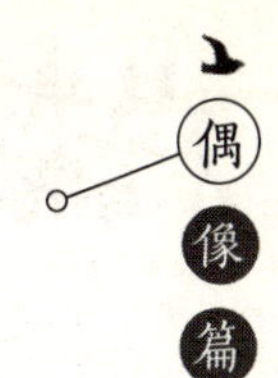

谭松韵这个女孩比较“佛”（指一种随遇而安、不争不抢的状态）。她自己没有的东西，很少会去强求。她也能很客观地审视自己，接纳自己，哪怕是他人口中的“不完美”，谭松韵都能很好地消化。

谭松韵说：“我确实没有精致的小脸，我这种类型的女生的确很少有。”她表示早在上大学时，就意识到了自己的“与众不同”。其他女孩都是长发飘飘，化着精致的妆，穿着尖头高跟鞋。她自己却素面朝天，穿宽大的T恤搭配简单的帆布鞋。

连同她的性格，也和大多数女孩不太一样。

别看谭松韵是双子座，理应活泼好动，古灵精怪。但大多数时候，她更像湖水般沉静——如果老师不点名，那她绝对不会主动表现自我。哪怕，她学的是表演，是最应该大肆标榜自己个性的专业。谭松韵依然很低调地坐在角落里，不希望被太多人关注到。

她一直笃信，人生就应该随遇而安，应该尽可能地平和。

她曾说过：“我是那种自幼被保护得很好的女孩，小时候父母和家里的长辈都对我呵护有加。再大一点，我的班主任也像妈妈一样，给了我很多帮助，没有让我在求学过程中吃很多苦。包括后来我选择表演专业，也不过是因为爷爷奶奶是艺术家，我继承了他们的衣钵而已。我回过头去想一想，自己的成长经历还真是顺风顺水。”她承认自幼就是温室里的花朵，也认为，既然自己已经感受过爱，那就应该温柔地把爱传递下去。

所以，每一次老师想选班干部或是希望有人参与活动时，谭松韵都会主动地把名额让出去。她愿意成就他人，甘当绿叶。谭松韵觉得这没什么不好，更不会觉得如此一来会有什么损失。

不去当显眼的红花，能损失什么呢？

会错过机遇吗？

“只要有实力，刻苦、认真，保持专业的态度，总会被看见的。”她不争不抢，也不着急。当同班同学开始为未来筹划时，谭松韵还是老样子。她浅笑嫣然地感慨：“碰到什么角色，我就去尝试一下，碰不到就算了。”

谭松韵就像自己的穿衣风格一样，简单、不工于心计，做任何事都能沉得住气。她的这股单纯，最终也成为一把金钥匙，为自己撬开了通往娱乐圈的大门。纵观她这两年拍的戏，哪一个角色不是天真、可爱又善良呢？

《甄嬛传》里爱吃且单纯的淳贵人，《浪花一朵朵》里知性的记者云朵，《最好的我们》里乐观、可爱的耿耿，还有《锦衣之下》里英勇无敌的今夏，《以家人之名》里活泼灵动的李尖尖，每一个角色都像是谭松韵在本色出演。当然，相似的人物频繁地被一个人饰演，大家自然也免不了为谭松韵操心。许多观众都担心谭松韵由此被定了型，不能再在演艺事业上有所突破。对此，谭松韵还是选择了淡然应对。

她没有红着脸，非要向世人证明自己是全能型演员。

她也没有立马就拍一部与之前作品有较大反差的新作，发一堆尬吹演技的通稿。

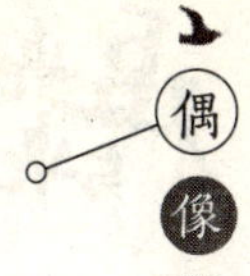

谭松韵始终如一安静地生活，安静地拍戏，安静地做自己。

她的安静，其实也是一种强大的反击。有时候，这股安静胜过千言万语，更能令人钦佩不已。

有一段时间，本就安静的谭松韵突然就没了音信。她在娱乐圈中整整消失了三个月，不更新任何动态，没参加任何活动，也没有新的作品面世。很多粉丝为此感到担心，不知道偶像为什么突然从大众视野里消失。

而那段时间，谭松韵碰到了一件让她手足无措的事情——她的母亲遭遇了车祸，不幸逝世。只不过，恰逢过年，谭松韵不想破坏大家的节日氛围，更不想占用公众资源，让大家对肇事者口诛笔伐。于是，她选择了“消失”。

谭松韵低调地回家去处理妈妈的后事，低调地提起诉讼，低调地难过和绝望。母亲出事后，谭松韵寸步不离地守在加护病房20多天不肯离开，再到她不得不松开妈妈的手……谭松韵一直都是“安静”地流泪。

谭松韵一如既往地“安静”，她用安静的力量对抗着命运的不公。仅有一次，谭松韵公开谈及此事，是在事发之后很久。

当时，谭松韵参加了《向往的生活》的录制。吃饭时，一群人围着桌子，交心般地讲述自己的愿望。轮到谭松韵发言，她先是小声说了句：“我的愿望……”她有些哽咽，便不得不停顿了一下。但不了解内情的人，还以为她要撒谎或是讲段子，所以就笑意盈盈地看着她。

众人欢愉，唯有当事人心痛不已。

谭松韵看了看大家，笑得比哭还难看，她说：“我想梦见她。”话音刚落，她立马强忍眼泪。然后，她红着眼睛继续说：“下辈子，我真的希望由我来当妈妈，她来做女儿。”

她发自肺腑地讲出自己的心愿，声音还是那么温柔，就像春天最柔和的风。而她脸上的那份平和，也像没有受过伤一样。可越是这样，反而越让人心疼。因为我们都知道，往往会哭的孩子才有糖吃。不哭、不闹的女孩，其实最容易被他人忽略。

好在，谭松韵终是凭借着自身的这份“只知春夏不知秋”，结交了很多好朋友。那天，何炅老师、黄磊老师都以长辈的身份给予了她最大的安慰，比她年幼的张子枫一直拍打着谭松韵的肩，试图给她一点儿力量。谭松韵的“安静”也是利器，能让她轻抚许多坚硬的心。

平常不拍戏的时候，谭松韵并不喜欢“混迹”名利场。她还是比较喜欢旅行，只是，谭松韵的行李向来比较简便。她称呼自己有“懒癌”，不想过多地打理自己。她对那些浮华的首饰、浮夸的衣物，也没什么兴趣。甚至，若是夏天去旅行的话，谭松韵只会带上芦荟面膜做晒后及日常的水乳护理。如果你非让她带妆出门，谭松韵便会高呼：“那多麻烦啊！”

她就想做一朵出水芙蓉，无论妆容，还是状态，都是越简单越好。不想引人注意的习惯，谭松韵还真是从小到大坚持了下来。

有一次，谭松韵受邀参加《快乐大本营》，她高兴地为大家唱跳了一曲《睫毛弯弯》，看得出来，当时谭松韵是发自内心地快乐。但很快，到了游戏环节，谭松韵再次保持了不抢镜的好习惯。除非必要时刻，需要她配合嘉宾完成一些游戏环节。大多数时候，谭松韵就是乖巧地坐在那儿。

她不爱出风头的性格，让许多女孩都想跟谭松韵做朋友，也让许多男生都可以放心地找她一同出游。

谭松韵这样说过：“我和大家凑在一起玩，也不过就是弹弹琴，唱唱歌。”

她还是保持着文静的属性，不会去做一些很热闹的事情。谭松韵依旧强调：我就是患有“懒癌”，有时候，自己都不想出门。我就想在家里读书、做饭，看看经典电影。

她的房间里有很大的落地窗，谭松韵特别喜欢坐在飘窗上，手捧一杯茶，静静地翻阅着小说。夕阳西下，阳光洒落在她的身上，周围的一切都是那么温暖和祥和。

周围的一切，都因谭松韵的那份安静而被周全地照顾着，散发着它们原本就具有的光芒。想来，有些女孩不是自身不带光芒，而是，她喜欢把光借给别人。因为，她已经足够强大和坦然，并不需要招摇着、放肆着才能凸显自己的魅力。她静静地待在那里，本身就是一种力量。

谭松韵的安静，本身就是一种意义。

至少她会让无数女孩明白，有些美，不必张扬；有些事，无须高调。你安静做好自己，光自然会来。你安静做好自己，也可以拥有热气腾腾的人生。愿我们每个人都能守好自己的心，守好自己的日子，不借谁的光，不挡谁的光，即使安静，也能绽放强大的光芒。

嘿，女孩，你可以做到吗？

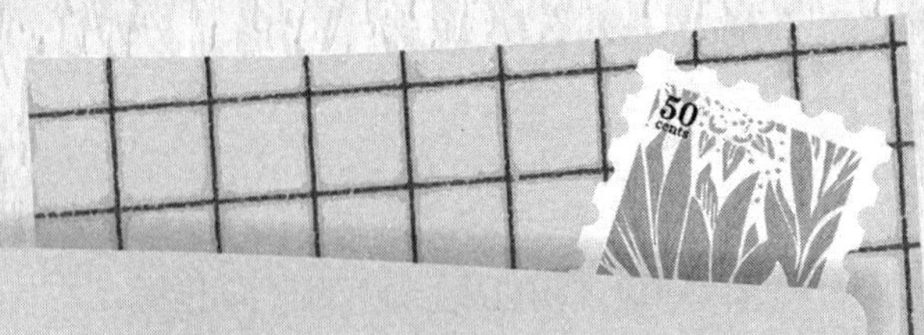

少年侠客，他很酷，可以煮酒论英雄，行走江湖时正义勇敢。他又很温和，总能在他人需要帮助时，伸出援手，慈悲为怀。少年侠客，每个女孩都会在青春时期，对他产生向往，期待与之相遇。很巧，有一位少年，他有着温和骄傲的酷，他就是一名少年侠客。

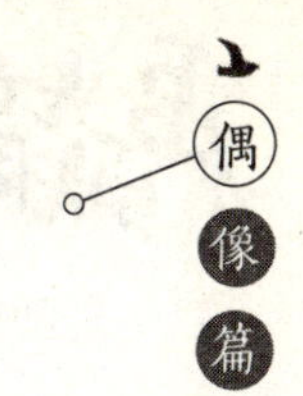

郭麒麟是郭德纲的儿子，于谦的徒弟，德云社的少班主。

他肩负重任，家教严格。小时候，家里若是来了客人，美味佳肴一定是外人专属，郭麒麟只能远远地看着大家在饭桌前动筷子，然后小声地问一句："师哥，我能尝一口吗？"等郭麒麟再大一些，郭德纲又不准郭麒麟说话带脏字，哪怕他是无意间说出了不雅之词也决不允许。

欲戴皇冠，必承其重。到了24岁，郭麒麟也得在大众眼皮子底下乖巧、懂事地成长。不管是见长辈，还是会同辈，郭麒麟在和大家打招呼时，一定会主动弯腰、伸手、眯起眼睛笑着说："非常开心见到您。"对，他对每一个人的称呼都是"您"。郭麒麟感慨："我们相声界很讲究辈分，尤其是在后台。"他作为向导，带领大家参观德云社。遇到有门槛的地方，郭麒麟再次用标准的京腔，提醒朋友们："您得注意脚下。"而皇城根下的德云社，颇有自己的特点。它的墙壁上挂着"祖师爷"东方朔的姓名牌儿，下边依次供奉着郭德纲的师父侯耀文和张文顺、李文山等几位德云社老先生的遗照。屋里有张八仙桌，只设两座，只有郭德纲、于谦两位长辈才能坐，其他晚辈全部心知肚明不敢逾越规矩，即便是挂在衣架上的长袍大褂都有一套"说法"，它们每一件都是按辈分定制，谁也不

能随意地拿起一件衣服便往自己的身上套。

处处有规矩，事事行规矩，这般严苛的行事做法，郭麒麟早已习惯，他还耳濡目染地成为有内涵和修养的人。

2018年，郭麒麟和华少一起录制节目《今晚九点见》时，特意斟了两杯茶。由于第一杯茶比第二杯茶更为满当，郭麒麟便立马将它拿到了自己的身侧并且说道："茶要半，酒要满。满的这杯我来喝，剩下这杯，华少哥，您来喝。"他双手捧着茶杯，"奉"给了华少。聊天中，他还时不时注意华少的茶杯。每当华少的茶杯即将见底时，他便不动声色地将茶水添上，一直没让茶杯空着。

郭麒麟细心体贴、温润如玉的性格，除了环境使然，也跟他一直读《二十四史》和《清史稿》有着很大关系。

"当年我辍学后，我爸就说，人可以没文凭，但不可以没文化；可以不上学，但不可以不读书。他一直督促我读古籍，教我各种为人处世之道。"聊起自己的父亲，郭麒麟已经不像前几年那样觉得压力很大，他更不会再避讳提及郭德纲。包括他的微博简介，郭麒麟也"懒"得去更改——2010年，郭麒麟注册了微博，并在他不知情的情况下被认证为相声演员郭德纲之子。许多"黑粉"便借此骂郭麒麟招摇，当事人倒很看得开。他既不用言语反击舆论者，却也秉承着"不向恶势力低头"的原则，绝对不改这个认证。

郭麒麟的身上自带一种温和的、骄傲的酷。他心有猛虎，细嗅蔷薇，能在岁月的磨砺中逐渐变成更好、更强大的人。

郭麒麟是真的很"酷"，他对外界温和，对自己却相当狠。

14岁那年，郭麒麟是一个名副其实的小胖子。他当年的胖，完全可以从某些保留下来的旧照片中窥见一斑，至于郭麒麟的能吃

也已经快要传遍整个德云社。不，是整个后海。据说，当时，德云社的“打烊”时间是每天23点。由于已近凌晨，不少相声演员为了控制体重，为了自己的健康着想，便不会再进食。没办法，有些行当，不得不自律。只不过，郭麒麟是一个例外。每逢表演结束，郭麒麟就嚷嚷着“饿”。他会迅速地脱下大褂，卸了妆，往后海“窜”。一天、两天，一周、两周……长时间大半夜地去“觅食”，没多久，郭麒麟便对后海那一带的餐厅如数家珍。

小岳岳说：“我和郭麒麟去吉野家吃饭，我能吃两份双拼，他比我吃得还多。”此话有着非常高的可信度。毕竟，那一件件被郭麒麟淘汰的大褂也可以“做证”——随着郭麒麟越来越胖，有些大褂便变成紧身旗袍。它们只能退出历史舞台，被全新的衣服取代，还要长久以压箱底的身份存在于德云社的后台。

郭麒麟笑称：“有段时间我胖到了196斤，穿上大褂都能显出臀部曲线。”他聊起自己的糗事，并未觉得尴尬。这是一种温和且骄傲的酷，郭麒麟会直面缺点，也会想尽一切办法去克服它。

为了瘦下来，他曾坚持去健身房做有氧运动，还逐渐地退出了“美食界”。这两件事，对又胖又爱吃的郭麒麟来说，真的都不容易做到。只是，还好郭麒麟一直都记得父亲曾说过：“江湖弟子，要拿得起，放得下。”他觉得此话不仅适用于红尘中的名利场，也可以与生活中的方方面面建立联系。比如，他贪恋美食，绝对也可以果断地放下它。郭麒麟咬了咬牙，在减肥这条道路上坚持了下来。整整一个月，他除了练相声、登台表演，就是运动。每天重复做着这三件事，郭麒麟没有感觉枯燥，他觉得一切都很值。尤其是到了月末，郭麒麟再上秤时，那种成就感简直要炸裂整个心脏，让他禁不住落泪。郭麒麟骄傲地说：“谁能想到啊，我曾一个月瘦了70斤。”连很少当面夸儿子的郭德纲都对他赞不绝口，逢人就说：

“麒麟能瘦下来，并且一个月瘦70斤，他还有什么做不到呢？”

他必然是所向披靡，一路高歌。郭麒麟对自己的酷，让他完成了旁人口中不可能做到的事。郭麒麟的温和又让他在回味过往时，觉得一切都没有那么辛苦。

3

前段时间，音乐人周品在微博上分享了自己眼中的郭麒麟。他说：“郭麒麟除了谨慎懂事守规矩，最让人有感触的一点是，哪怕是外卖袋子破了，漏了点油，他都想要去擦一下。”他用寥寥数语便生动地描述出了郭麒麟的性格特征——温文尔雅，善良柔顺，却又时刻充满力量。郭麒麟是真的能做到温和而不低微。

2015年，郭麒麟宣布离开德云社。那天，剧场里坐了十五六个人，他使出了浑身解数逗大家笑。结果，整整三十分钟的表演都很冷场。台下的人听着郭麒麟说的相声，不仅不笑，他们还很漠然。郭麒麟为此而难过，他在下台后难过了很久。然后，他重新走入人群，对大家说：“我要暂别德云社。”他并不是一时冲动才做出这个决定，而是深思熟虑的结果。

“我们这个行业很特殊，它永远需要观众来检验你。没有人能兜着我，就算是郭老师、于老师站在我旁边，我是一摊烂泥，也没办法。”郭麒麟很清醒、很酷，能参透很多事情且可以正确看待。

而他之所以能从德云社少班主转变成为新时代演员，真正意义上的分水岭便是《庆余年》这部剧的播出。

2019年，电视剧《庆余年》火遍大江南北，至今，它仍为人所津津乐道。郭麒麟在这部剧中饰演的“范思辙”既有经商天赋，又古灵精怪，受到了许多影迷的喜爱。直至今日，有很多粉丝见到郭麒麟，都会大喊他为“范思辙”。

郭麒麟用开心的口吻说道："走在路上会有人叫我范思辙，我觉得这就是一件挺让我高兴的事儿。"他明白剧迷的此番举动肯定是代表了大家对自己演技的认可，打心眼里高兴，还暗下决心继续努力。"未来，我想继续突破自己，去演一些很市井气的人物。"郭麒麟从未回避自己的野心，他在演员这条路上，有着自己的目标。他时刻记得它们，还想逐一攻克它们。他在所有人都以为郭麒麟只能顶着"德云社少班主"的招牌，吃喝不愁地做一个少爷的时候，勇敢转身进行蜕变。在别人以为他脱离父辈的庇佑，离开德云社就没法活时，自己争取到了机会，以新的身份与大家会面。

回想过往的经历，郭麒麟禁不住感叹："我并不是完全跟相声划清界限，只是希望能从事一些更有烟火气的事儿。我去做综艺，我去拍戏，其实都是入世的一段经历。你老不经历这些东西，没见过这些事儿，你怎么去表演？你怎么能把观众朋友们说信？"郭麒麟为了新突破而出走，那是酷；知道融入众生才能继续被赋能，那是因为他有着温柔的内心，可以准确地感知这个世界。

他很酷，也很温和。在这个讳莫如深的世界，他保持着自己独特的个性，他是一个很有魅力的人。现在，很多人慢慢地摘下了有色眼镜，客观地去看待郭麒麟，也在了解他的过程中逐渐真正喜欢上了郭麒麟。有许多曾经的路人粉，如今甚至说"嫁人当嫁郭麒麟"。少班主真的已经慢慢地走进了大众的内心。

那就一起期待郭麒麟在日后为大家带来更多惊喜吧。期盼着江湖中可以有很多像郭麒麟一样的"少年侠客"存在，他不但可以用温柔的内心去扶危济困，也可以保持自己的酷，华山论剑。

我想，你们一定都会喜欢这样的男孩子吧？我想，你们喜欢的郭麒麟会永远当一个少年侠客，赢得你们的青睐。不信的话，我们拭目以待。

现实生活中，我们都不太喜欢“直男”，总觉得他们说话刻薄，不够暖心。尤其是在青春期，我们常常会被温暖的男孩吸引，继而忽略了“直男”的存在。可事实上，“直男”也值得我们去关注，去主动跟他们做朋友。为什么会这么说呢？不妨看一看“直男”黄子韬的故事，或许，你会发现，耿直少年，其实也是宝藏。“直男”，其实也很可爱。

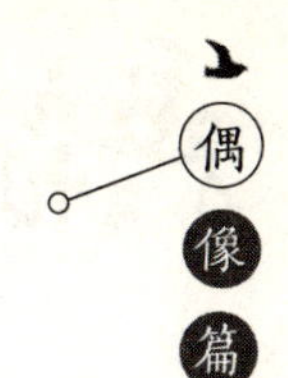

许多人都说“耿直”一词，不过是黄子韬为自己立的人设。

可事实上，黄子韬真的很实在。

他是山东人，身上自带北方男孩的纯真和直率。不懂他的人会觉得黄子韬说话很冲，做事很飒，还会认为他“目中无人”。懂他的人则会明白，黄子韬简直就是真性情的代言人。

“你们不要那么喜欢我，要过好自己的生活。”在其他男星恨不得无限地突出个人魅力，长久地吸引他人眼球时，黄子韬却这般对粉丝说。

他从不按套路出牌，不虚伪也不做作。他更不擅长什么花言巧语，只会用实际行动来表现自己对他人的好。

那是在很久之前，一个十来岁的女孩因为父母在外工作，只能一个人很艰难地推着轮椅朝家里走去。

熙熙攘攘的街道，人来人往，女孩环视了一下四周——大家也都在忙着各自的事情，根本无暇顾及她。

她认命一般叹了口气，自从身体开始有恙，女孩早已习惯了孤独和无所依靠。

又一个上坡，女孩再次使出了全身的劲，推动着轮椅。她很努力地“爬坡”，却猛然觉得身后好像出现了一双充满力量的援助之手。

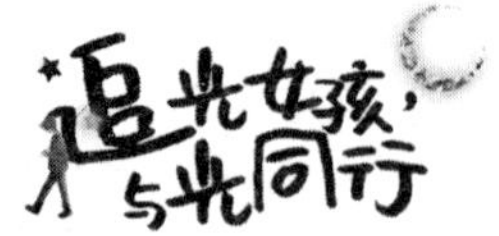

女孩惊讶地转过头去，那个双手已握住轮椅把手的男孩善意地笑了笑，很真诚地说道："我不是什么坏人，你放心地把地址告诉我，我把你送到楼下就走。"

男孩为了让女孩有更多的安全感，特意挑选了人流量比较大的街道，绕路送她回家。

女孩为此深受感动，她在男孩转身的一刹那，匆忙地拽住了他的衣角。

女孩急切地问："大哥哥，你叫什么名字？我去哪儿能找到你？等我的父母有空，我想让他们去感谢你。"她睁着大大的眼睛，期待着眼前这位好心人的回答。

然而，男孩背对着她摆了摆手，很酷地说道："你不用谢我，快点儿回家吧。"

他就像我们在漫画里时常会见到的热血且正义的少年一样，帮助了别人却从不肯留下姓名。

男孩在挥别女孩后，哼着歌，迎着夕阳，重新奔跑起来。

他跑得很快，跑到了很远的地方。

女孩再次见到男孩，是在2012年，通过荧幕。当时，女孩瞧着那张出现在某个音乐节目中，即使化了妆也能认出的脸，激动地欢呼："是他！当年愿意对我伸出援助之手的大哥哥就是黄子韬。"她从来没有忘记他，更没有想到昔日帮助自己的大男孩，日后竟成了明星。

异常激动的女孩立马通过各种渠道找到了黄子韬的经纪人，并在讲明来意之后，给黄子韬打了个电话。

黄子韬用并不傲气的口吻说："你把地址给我，我送你一张签名照片。你一定要答应我，坚持治疗，等着咱们一起加油跑。"时隔多年，他依旧记得这个女孩。他在电话那端为她加油鼓劲。他

所讲的每一句话都是肺腑之言，黄子韬从不喜欢巧言令色地去积攒人气。不仅如此，成名后的黄子韬，还是如最初那般：但行好事，莫问前程。

他兑现了承诺，在成功出道后，为自己的聋哑朋友安排了工作。

黄子韬感叹："我的这位朋友不需要做太多事情，他就在家帮我打扫下卫生，看一下小狗就行。因为他如果到外面去求职，许多企业可能会考虑到沟通的问题，直接拒绝他。与其让他屡屡受挫，心理上感觉有负担，还不如帮我做一些力所能及的事情。对我来说，雇用他，又不是多难的事。"

他说话很"直男"，从来不懂迂回着去表达。乍一听，可能会让大家感觉不舒服，还会认为他傲气十足。

可黄子韬就像一颗榴梿，虽然说话有点冲、有点"臭"，内里却很"香"。

至少当娱乐圈内各种各样的"人设"，逐渐迷惑我们的双眼，让我们无法辨别某些男星在私底下究竟是什么样时，黄子韬完全可以算是一个不用大众费心揣摩、表里如一的人。

他会将喜怒都形于色，还有一颗善良的心。

他就是我们素日里有些"讨厌"的"直男"——他所说的每一句话似乎都不中听，都很令人无语。

但他所做的每一件事都会让你热泪盈眶，让你不禁偷偷地在心中竖起大拇指表示钦佩和认可。

身边的某位朋友之所以被黄子韬圈粉，是因为前不久，她无意间在某App上看到了他"痛骂"粉丝有病的视频。

黄子韬“义正词严”地教育自己的粉丝：“你问我男朋友出轨怎么办？直接分手啊！男女平等，他出轨了，你就分手啊！他都出轨了，你还忍，那不是神经病吗？”他一阵咆哮之后，喝了口水，休息了片刻。然后，继续苦口婆心地给粉丝做思想工作，而且有理有据。

黄子韬说：“男人出轨有第一次，就有第二次。不要想浪子会回头，绝对不会的，也不可能；还有，你不要心软，态度坚决点，不要挽留。”

他仿若一时之间化作“恋爱教导主任”，疯狂输出各种“韬言韬语”。

末了，黄子韬还不忘展现一下自己的经典手势“salute”，向所有人敬礼。

他的状态虽然看起来略显“疯癫”，但就像很多路人粉所说的那样：那一瞬间，忽然就觉得黄子韬的三观很正，很想关注他，了解他。

身边的那位朋友也是由此而成为黄子韬的粉丝，还逐渐“韬化”，像他一样直言快语，幽默风趣。

没有刻意地包装、大肆宣传自己，黄子韬同样像许多明星一样，感染到了他人，这是他的魅力所在，是上天对他那份耿直的最大褒奖。

毕竟，某个时期，黄子韬还真的怀疑过自己这么一直“耿直”下去，会不会太傻。他甚至问过大众：“我只是想做自己，为什么就那么难？”

那时候，他想不明白的事情实在太多。

黄子韬不明白，为什么他去关心队友，就会被当作借机出位；为什么他与队长勾肩搭背，就会被看作讨好利用；为什么他因为获

奖在镜头前流泪，也会被看作矫情；又是为什么，明明是他扛着木棍坚持习武十一年才等到了出道的好运，还是硬要被人扣上“关系户”的帽子。

特别是当他针对前队友突然宣布与SM公司解约而退出EXO这件事发表言论后，黄子韬简直成了“舆论集中营”。人们骂他“落井下石”“忘恩负义”，认为他是故意炒作、颇有心机，却很少有人知道，黄子韬曾因好朋友离开队伍每天流泪。

黄子韬无奈地叹气：“其实我有时候真的很不理解，这个社会为什么会变成这个样子。我没有杀人放火，我没有触碰法律，我只是在过着我的生活，努力做着我的工作，我觉得我真的什么都没有做错。”

在被网民“妖化”得最惨的时候，他爬上4000米的高峰，对着天空大喊：我不会轻易狗带（go die的谐音，有“倒下”之意）！

他向来是坚强的人，对很多事情只会以刚克刚——6岁的时候，黄子韬因头部受伤导致脑内瘀血，最终缝了43针才抢救过来。

成年之后，他又经历过地震。玻璃窗户剧烈地摇晃，住在32楼的自己，拼了命地跑才躲过一劫。凭借着毅力，黄子韬好不容易从死神手里把命夺了回来。现在，他绝不可能将它交付给舆论这个刽子手。

任何人都不要妄想击败他，也别试图改变他。

黄子韬仍旧愿意和这个世界敞开聊，他说：“我就是要推C-POP（中国流行歌），我就是想打造一个属于黄子韬的时代！”即便有许多新闻标题都写着“黄子韬的rap（说唱）带着浓浓的家乡口音”，即便他发行唱片的收益还不到150万元，不够他制作一支MV投入的金钱，还要被“黑粉”定义为“没唱功”，但他

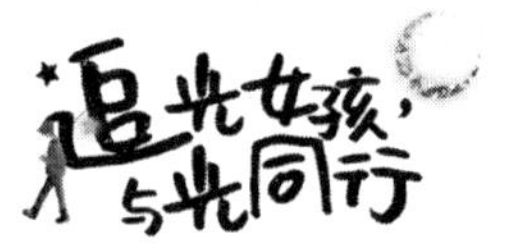

一点儿都不在乎这些阻碍，铁了心就要唱歌，还要唱得尽兴。

他不仅自己要唱，还要培养新人唱。

黄子韬在成立“龙韬娱乐”后，将新人徐艺洋和石兮彤签约到了自己的旗下。素日里，黄子韬很有“老板样”，时常护着员工，不让她们被言论攻击。可一旦到了工作中，他就会再次站在前辈的角度，严格指导她们。

黄子韬并不担心这般苛刻会让两位女生讨厌，他相信自己的眼光。他更相信，这世间，总会有人愿意去剔除停留在表面的喜欢，真正深入地了解他，探究他的灵魂，从而喜欢他。比如，他的家人、朋友、粉丝，还有他的同事。

一起录制过访谈节目的朱丹就曾对黄子韬高度赞赏。她说：“黄子韬很简单，简单到有点儿笨。他对这个世界的方式，就是很愚笨的方式，就是很简单的方式。我发现他就是这样的一个男孩，他其实知道自己追求的是什么，是真善美。”

当然，正如朱丹所说，黄子韬就是一个非常简单的男孩子，是我们觉得有点笨的男孩子。

他干任何事情都风风火火，有些张扬，但绝对是光明正大，从不耍小聪明；他说的话，近乎字字诛心，一针见血，却从不可能阳奉阴违。

他是我们口中的“直男”，直接得很可爱。倘若你想找一个男生做朋友，请考虑黄子韬这样的男孩子。

兴许他会经常让你生气，让你哭笑不得，可他绝不会骗你。

即使全世界都在骗你，他也一定会告诉你真话，告诉你：“耿直，并不见得是坏事。”

黄子韬说：“你有你们的生存规则，我有我的活法，你不懂我，我不怪你。而且，万箭穿心之后，只会让我更强大。”

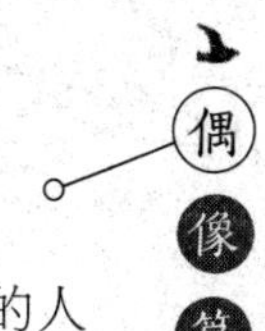

他再次用最经典的手势“salute”向所有喜欢或不喜欢的人致敬。

他还是很想耿直地、大声地说：“你的喜欢和不喜欢，都让我变成了更好的自己。”

不管处于哪个年龄段，男生都可以保持少年的热血和胸襟，都可以保留孩童般的天真与调皮。但是，“责任”这件事，男孩们也都应该扛起来。他们应该像邓伦一样，能对家人负责，能对梦想负责，也能对喜欢自己的每一个人负责。唯有做到如此，才值得女孩们喜欢和崇拜。

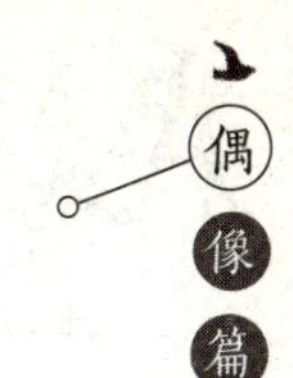

邓伦：把你照顾妥帖，也能把梦点亮

“在我的生命中，外公是对我最重要的人。我认识的第一个字，我会背的第一首唐诗，我对于人生的认知，我邓伦这个人身上所有的一切，都是深受外公的熏陶。”邓伦的父母皆是军人，他们的工作很繁忙，并没有太多的时间去照顾他。自幼，邓伦是外公带大的。邓伦的外公有见识、有学识，是大学哲学系教授，他对教育邓伦自有一套方法。他说：“我小时候比较淘气，只要踏进幼儿园的门，就喜欢哭且闹腾着要回家。我的外公见我对上学这么抗拒，便没有再强求我。而且，外公本着对我好的原则，特意将我带回家去培养。”他不好意思地挠挠头，承认自己也曾是个不让人省心的孩子，不只讨厌去幼儿园，还不肯好好吃饭，以至于总是生病。

舐犊之心，人人皆有。见邓伦的情绪一直很低落，他的外公于心不忍。索性，老人家就担起了老师的重担，开始在家里教邓伦认字、背诗、练书法、学游泳和学骑车。

春天，万物复苏，天气渐暖。邓伦的外公和邓伦一起做风筝，等风筝糊好后，再带他一起去广场放风筝。夏天，火云如烧，烈日炎炎。邓伦的外公就骑自行车载着邓伦去买雪糕，顺便与他一起去观察昆虫。秋天，到处是一片金黄，充满诗意，邓伦的外公会带邓伦去捡树叶，祖孙俩会把脑袋凑在一起，比较一下谁捡的叶子茎秆

比较粗，也会讨论一下哪片叶子更好看。冬天的到来，更没有浇灭他们的热情。邓伦会搀扶着外公，走街串巷地去寻找好吃的糖葫芦和糖炒栗子。他会牵着外公的手，去买年货，买春联，贴福字。有时候，他们还会一起对着鹅毛大雪吟诗一首，对着冒着热气的火锅发表一些感慨。在邓伦的记忆中，外公几乎每天都读书，还总是语重心长地对他说："孩子，你一定要好好学习啊！"外公的叮嘱，久久地烙在邓伦的心上。邓伦忘不了，也不想忘。

自从外公过世，邓伦便深陷在怀念中不可自拔，他不愿遗忘有关外公的记忆，不舍辜负外公的期望，还想把外公教会自己的东西传承下去。前不久，邓伦两度因为回石家庄给发小当伴郎，上了微博热搜。在外界惊讶于一个正当红的偶像，居然不忘本地回家乡给素人朋友撑场面时，邓伦倒觉得这再正常不过。他认为"负责任"也是外公教会自己的优秀品质——小时候，邓伦的外公希望邓伦能对看到的一切"负责"，能尽最大努力去感知它们，去详细地叙述自己的感受。长大后，邓伦想了想——他除了要对自己的生活负责、对自己的梦想负责、对自己的工作负责、对自己的粉丝负责，还应该对家人和朋友负责。他应该好好珍惜与他们共度的时光，陪伴他们。于是这两年不管多忙，邓伦一定会回家看望父母，会带亲人去体检，去旅行。他也会为朋友的事尽自己的一份心。

"和发小们逛街，让我觉得特别放松，安心。"虽然已经失去了自己的外公，但是邓伦还有伙伴和家人。他不想只从他们身上汲取能量，还想"反哺"在乎的人。他愈加成熟，有担当。邓伦的外公没有白费苦心，如今邓伦已然不再是那个任性的小男生。

"老师说我当演员没问题，那我就去试一试吧。"邓伦曾经深

受《英雄无悔》这部电视剧的影响，从心底迸发出了一种英雄主义情怀。他特别想为民伸张正义，去当一名优秀的人民警察。但因为体能、文化课等多方面的因素制约，升入高中后，邓伦不得不放弃这个念头，开始走上艺术生这条道路。艺考之前，邓伦拿着自己的私房钱报了名，去北京参加集训班，他不想靠家里的力量支撑自己逐梦。邓伦的父母起初不同意他进入娱乐圈，于是，邓伦只能一个人硬着头皮，前往人生地不熟却很有可能会给他机会的“梦想大本营”。他选择了一间地下室旅馆，没有窗户，不通风、不朝阳，设施相当陈旧，每天却要支付80块钱。邓伦扳着指头算了算，一个月下来，仅是住宿费就得小2000块钱呢！如果加上饭钱，他还真是要省着点花。

“每天考试结束了，我就背着个包在街上晃悠。”在北京艺考期间，邓伦从未去过那些高大上的场所。为了减少开支，他也很少打车。徒步就是他能感受那座城市的唯一方式，行走也是邓伦的终极梦想。他想走下去，在异常艰难却又无比喜欢的道路上，坚定地走下去。邓伦说：“当时我就想：做演员就如同要跑一场漫长的马拉松，我一定要跑到最后。”熬过了艺考“无钱，只有梦”的日子，邓伦如愿以偿地进入了大学。为了让自己能进一步靠近梦想，大二那年，他就去了剧组试戏。他先后辗转北京、上海十多次，为的就是给自己寻到一个机会。可每一次，邓伦都是信心满满地去见导演，再备受打击地回家。

“那时候，我很无力。我不知道怎么演才好，只能极力去显得自己更好，极力去表现自己。”屡遭拒绝的邓伦开始陷入自我怀疑中。他迷茫，不知道自己究竟是哪里出了错，只能用最笨拙的方式再为自己拼一把，搏一把。白天，邓伦去见一个又一个导演，不断地毛遂自荐。晚上，累了一天的邓伦并不会休息，他会匆匆扒一口

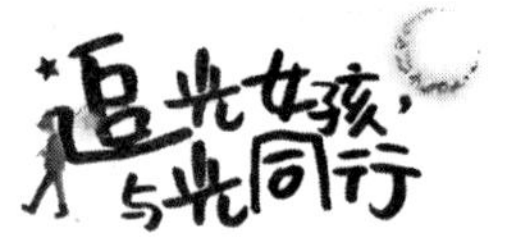

盒饭，然后立马伏在桌前看表演方面的书和视频。

“那段时间，我深深地明白了一个道理，那就是，人只能靠自己，谁都靠不上。”没人教他怎么拍戏，邓伦就自己领悟；经纪公司不给他资源，邓伦砸锅卖铁也得解约；试戏一次不行，那就试两次、三次、三十次。他的永不放弃、满怀热血，终于让“演戏”这事成了。第一次站在荧幕前，邓伦激动得差点儿落泪。他哽咽着感叹：“我很庆幸，不管生活多么拮据，我都没放弃梦想。”他一直对得起自己的这份兴趣，从它开始萌芽，邓伦就全力以赴地带着它奔跑，试图将它带向更高和更远的地方。

当然，邓伦对自己的粉丝也很负责。喜欢他的人都知道，邓伦是个实力派，他能很细腻地表达情绪，打动人心。

“前不久，我看了一部小动画。它讲的是一个小女孩和一条小火龙不仅是同村村民，还是很好的朋友。只不过，小火龙不如小女孩温柔。它总是控制不好自己的脾气，经常性地喷火，给村民惹事。为此，村民很讨厌小火龙，它自己也很懊悔，只能躲在黑漆漆的房间里不再出门。某天，小女孩在雪中等小火龙又没等到，她很失望地打算回家时，忽然发现村民正在用火烤面包。瞬间，小女孩灵机一动，直接冲到了小火龙家把它拽出来，将它带到了村民面前，还命令它喷火为大家烤面包。从那之后，再也无人讨厌小火龙，它和小女孩又可以一起开心地玩耍了。”他用这个故事来暗喻自己的演艺事业，他说，“刚出道那会儿，我也是个小火龙，我只知道努力，却不知道到底应该怎么做才可以让演技达到炉火纯青的状态。我那青涩的表演方法，让不少人‘骂’我。可我的粉丝就像那个小女孩一样，一直在鼓励我，试图帮我建立信心。所以，不管

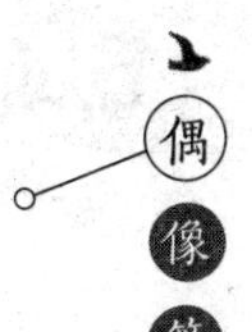

怎样，我都要对得起她们，要对她们的喜欢负责。”

邓伦说到做到，他一直在不断地磨炼自己的演技。无论是《十五年等待候鸟》里面冷心热的“柳千仁”，《因为遇见你》中的痞帅律师“李云恺”，还是《楚乔传》里的翩翩少年“萧策”，又或者是《封神演义》里九尾一族的狐妖“子虚”……这些年，邓伦的演技大幅度地提升，给人眼前一亮的感觉。

去年，邓伦还出演了一部抗疫剧，叫作《在一起》。他在剧中的演技，完全可以用“可圈可点”来形容——在九成戏份都需要戴口罩的情况下，邓伦仅通过眼睛和肢体动作就很真实地还原了普通人的生活状态。比如，我们会在拿到烫手的盒饭后，频繁地换手，不断地摸耳垂；我们会在想跟一个人搭话却插不上话时，尴尬地搓手；我们会在面对生死时，本能地闪躲……如此难以把握的小细节，邓伦全都很好地抓到了精髓，表演了出来。

“出道七年，我从不接演相似的角色。”他不愿在重复的工作中，不断地消耗自己。他很想尊重拍戏这件事，想对粉丝负责，对自己负责。截至今天，邓伦饰演了20个不同的角色。他拍戏的风格千变万化，总让人捉摸不透，却又禁不住地被吸引。

像邓伦这种有实力、有想法，又肯事事负责的偶像，一定会气势如虹。即便有浩瀚楼宇遮挡，他也肯定会光芒四射，会名震八方。那就让我们一同期待着专属于邓伦的那势不可当的未来吧！同时，我们也一同等待着吧！等待着未来的某一天，我们都可以遇见一个像邓伦一样的男孩，他永远都能担责，从不怕事，也不逃避。他永远能对你负责，把你照顾妥帖，也能把梦点亮。

倘若你已经遇到了这样一个男孩，请务必好好珍惜；假设你还未遇到如此的他，也不要怕。他总会来，他总会像邓伦一样，会猛地闯进你的生活，给你无限惊喜。

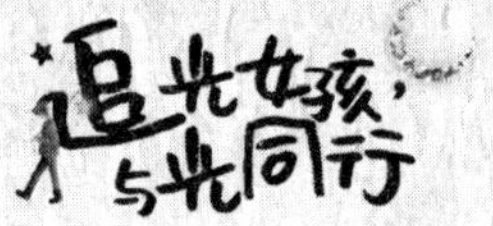

自从开始以"半个娱记"的身份"混迹"娱乐圈，我就为不少明星写过人物传记和采访稿。我也听到过许多女孩讲述自己与偶像之间的故事，还帮她们把口述的故事记载下来，写成一篇篇感人肺腑的文章。我为此而自豪，却也总有遗憾。因为当我成长起来时，我的偶像已经快要退居幕后，无论是他出专辑的速度还是开演唱会的次数都在日益减少。我好像能为他做的越来越少，也无法再有更多的机会去靠近他。还好，我的责编给我一次机会，让我可以在自己的书中写到他，写到这个我喜欢了整个青春的他。

没错，他就是周杰伦。

谨以此文向他致敬，也希望你们能耐心地听我讲完这个故事，就像我一直在听她们诉说一样。

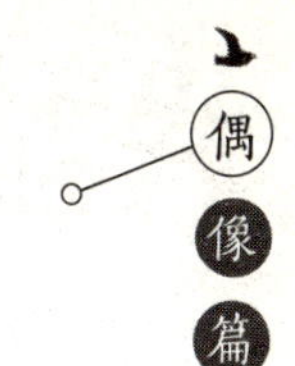

2015年1月18日，我喜欢的偶像宣布结婚。从婚礼当天的照片来看，他很幸福。

他身穿西装、打领结、满目光华地牵着所爱之人走进古堡。他已经不再是我记忆中的那个青涩、有点儿跩，脸上还带有一份倔强感的少年。他变得成熟、稳重，有所担当。在我喜欢他的十五年里，他真的是越来越强大，越来越美好。以至于我拿着手机，犹豫许久都不知该如何去祝福他。我总觉得任何美好的辞藻都不足以再用在他的身上，任何饱含深情的话语也无法再表达我对他的想念和感谢。最终，我只能盯着手机上那张既熟悉又陌生的脸，把头埋在一堆文件里，无声地流泪。

当然，那天除了我，还有一群人共同“失恋”。

有人在社交网站喃喃自语：“初中那年生水痘，在家里闭门养病，还好有你的歌陪着我。”又有人写道：“我十八岁时只想离你更近一点，然而，她十八岁就拥有了全部的你。”还有人说：“我曾梦想成为医生治好你的脊椎炎，未想到，真的因你考入了医学院。”万人为他写情诗，而能让大家如此疯狂的，也唯有他——周杰伦。

毫无疑问，周杰伦是华语乐坛的“神”，他代表了一个时代，当然，也是贯穿我整个青春的灵魂人物。

第一次知道他，是在我11岁那年。那时候，我是班里的好学生，不但成绩名列前茅，各种才艺也能信手拈来。我自信、乐观，还有多余的精力去追求新鲜的事物。有一天，在做完作业后，我像往常一样打开电视机，去观看某音乐节目。刚好此时，很多经典歌曲正在进行新一轮的角逐，女主持人激动地说："那么，我们就一起来听一下位于本周榜单榜首，来自周杰伦的歌曲《简单爱》吧！"

她的话音刚落，电视上就播放了《简单爱》的MV，那个头戴棒球帽、身穿西装却搭配球鞋的大男孩就那样毫无预兆地闯进了我的视线。说真的，他并不帅，周杰伦的那张脸一点儿都不具备传统美男子的特征。但是，他是真的有才华，短短一首歌的时间，周杰伦便勾起了我的无限好奇心。为了增进对他的了解，我立马打开电脑，开始在各种页面搜索"周杰伦"这三个字。

谁能想到，本是普通的名字，后来竟能"撼动"整个音乐圈，也深深地刻在我的心上。不只是我，当年，天王和天后们都未曾料想到，周杰伦竟不是一个"怪咖"，而是一个音乐天才——周杰伦曾为刘德华写过一首歌，叫《眼泪知道》。刘德华瞧了瞧歌词，连连叹气："眼泪要知道什么？太奇怪，我无法演唱。"周杰伦又想着把《双截棍》这首歌送给张惠妹，天后却觉得曲风怪异，实在无法接受。

大家都在某个时刻曾把周杰伦看作另类，嫌弃他咬字不清、腰背不直、眼神迷离，还总是唱着一些奇奇怪怪的"哼哼哈嘿"。还好，吴宗宪欣赏周杰伦，他"命令"周杰伦用十天时间写五十首歌，并且承诺会从其中选择十首为他发专辑。

周杰伦应允，背水一战。他吃了一整箱方便面，写到流鼻血，

终于完成任务，让首张专辑《范特西》问世。他也由此从幕后走向台前，让我看到了他、知道了他，一点一点喜欢上了他及他的音乐。

他的首张专辑中，我最喜欢的是那首《上海一九四三》，尤其是那句歌词“黄金葛爬满了雕花的门窗，夕阳斜斜映在斑驳的砖墙”，每次听到这里，我的脑海里就会涌现出一些画面——夕阳西下，百老汇的爵士铜管乐队，纵情地演奏。站在话筒前穿着旗袍的歌女，扭动腰身。她唱尽了人间清苦与繁华，无数人为之动容，却无人为她等候。

我对周杰伦歌曲中所描绘的上海充满想象和期待，我想近距离地去欣赏它，还想以它为背景写一个故事。

对，是写一个故事。

很久之后的现在，我总是在想：若不是自己曾“遇”到过周杰伦，还通过他知道了方文山的存在，那我可能就不会萌发一个梦想，对未来有着诸多期待，我就不会如此地渴望——能在长大后，写出漂亮的词句，当一个很棒的诗人。然后，凭此靠近周杰伦，告诉他：“你看，我一样能为你做些什么。至少，我可以把你写进自己的故事里，写进自己的书里。”

我这个好学生有了各种奇奇怪怪的想法，这一切，皆是因为那年有个很独特的男孩出现在我的生活中。他就是周杰伦，是我的“初恋”。

不知道是不是受周杰伦的影响，我心中那个男生岚，确实跟他很像。他们眉宇之间有相似的表情，也一样有才华。在那所学校，我的心思根本没有用在学习上，整日盼着岚能前来自己的门口，为

我送信。我真的很迷恋他笔下陈年的酒、稻谷的香、南迁的浮云与北方的狼及他所说的每一句话。

我还记得岚曾说过："未来，我一定会考去上海。"

那天，刚好下了一场很大的雪，我和岚一起推着自行车走在昏黄的路灯下。他在我耳边轻轻地哼唱周杰伦演唱的那首《发如雪》："繁华如三千东流水，我只取一瓢爱了解。"我望着他的脸，也曾想过若是岚想撒野，我就把酒奉陪。

年少，每个人都矫情，都会以为眼前的少年会陪自己从青涩走至古稀。

我也一样。

我恨不得就像周杰伦唱的那样，可以和岚一起回外婆家，一起看日落；可以和他一起相信爱从西元前就已经存在；我还想和岚一起去上海，看同一场周杰伦的演唱会。

我在青涩的年纪，试图把未来和岚紧紧地捆绑在一起。然而，我忘记了周杰伦曾唱过："花开就一次成熟，我却错过。"错过才是人生常态，在花最易开，却也最容易凋零的年龄。我傻气地把一腔热情倾注在岚的身上，却换来了他的绝情。

在很多误解面前，岚选择了相信其他女孩。他不肯再听我的解释，后面整整三年，我们未再说过一句话。刚好此时，我由于数学成绩太差，不得不转去美术特长班，准备艺考，暂且把文学梦搁浅。我变得一无是处，同学们为此而嘲讽我、取笑我。那些流言蜚语如同风暴，近乎将我击垮。有一段时间，我除了哭，就是一言不发地戴着耳机听歌。

我听周杰伦唱的《晴天》，想起刮风那天，我和岚激烈地争吵，然后他又默默地等在楼下，希望得到原谅。我们曾如此靠近，但偏偏风渐渐把我们的距离吹得好远。我听周杰伦演唱《给我一首

歌的时间》，终于明白了他口中所谓的“没有做完的梦最痛”是什么感觉。我听周杰伦演唱《千里之外》，看着以老上海为背景拍摄的MV，再次想起了自己昔日的梦想。

我觉得自己误入迷途，再无可能实现自己的理想，于是开始郁郁寡欢、迷茫慌乱。还好，这时候，周杰伦还有首歌陪着我，他对我唱：“将来大家看的都是我画的漫画，大家唱的都是我写的歌。”这一年，外界对周杰伦的称呼已经变成了“周董”，他却像一个大哥哥一样，用短短的几分钟时间与我谈心。

我听着他以自己为原型所创作的《听妈妈的话》，放肆地哭了一场，然后对自己说：周杰伦的数学成绩曾考过40分，当众被老师骂“笨笨的，真木讷”；他还曾去小餐馆当服务员，结果不小心摔碎了盘子，不仅被老板要求赔钱，还轰他离开。可他并没有怨天怨地将自己“毁灭”，周杰伦用一把吉他与一根断了的琴弦，撑起整个年少时光。内心如此强大的男孩，可是我的偶像啊！他做得到，我就一定要为了靠近他，同样做得到“拯救”自己。

我为自己加油鼓劲，并且开始收起所有与学习无关的心思，全身心投入考研这场战役中——画画起步晚，我就多下一番功夫。哪怕手上生了冻疮，我都坚持拿起画笔，在水粉纸上一笔一笔地勾勒着静物。不喜欢学数学，容易在课上打瞌睡，我就站着听讲。放学后，我还会按时到家教的家里，疯狂地做卷子。至于暂且不让我写作，我也逐渐想开。我试着把每一次写作文的机会当作练笔，在不跑题的前提下，尽可能发挥自己的创造力。

为了学习，我早晨五点半就起床背书，凌晨一点才睡。累吗？

肯定累。但总有人比我更累，吃了更多的苦，那我又有什么资格说累？我铆足了劲，打算逆风翻盘。偶尔真的撑不下去时，我就继续点开音乐播放器，循环播放周杰伦的专辑。不管我直面多少风雨，对这个世界又是多么讳莫如深，只要戴上耳机听周杰伦唱歌，我就犹如走进了一个防空洞。

他的歌里有雕花的门窗和老街坊的黑墙白瓦，那是我一直想去看的江南水乡；他的歌里有汉谟拉比法典和苏美女神，那是我一直想要探究的神秘；他的歌里有快马在江湖中厮杀，那是我一直梦寐以求的英雄豪情；他的歌里亦有色白花青的锦鲤跃然于碗底，那是我一直钟爱的青花瓷。周杰伦用音乐帮我建造了一个无比强大且丰富的精神世界。他令短视、遇到一点挫折就打算一蹶不振的我，终于再次振作。我由此决定，不管多难，我都要撑下去。我要有朝一日，用自己手里的笔去建造一个美好的领域，像周杰伦一样，给无数困惑的孩子一点力量和慰藉。

少年正寻凌云志，风霜雨雪皆幸事。感谢我的偶像一直相伴，他给予了我无限的勇气，让我能够在最慌乱的那一年重新树立信心和目标，勇往直前。

门前竹瘦，清风折柳，我知道，周杰伦始终不会走。只是，我的周先生并不会留在原地等我。于是，我只能努力地为自己裁剪一双黄金靴，穿着它疯狂地奔跑，以此去追上他的速度。

考研后的那个暑假很快就过去了，由于我的数学成绩比以往整整提升了40分，所以，我如愿以偿地考上了心仪的大学。

新的环境里，我渐渐地放下了过往的不愉快，结交到了新的朋友，有了新的兴趣爱好。我加入了记者团、学生会，开始带队参加辩论赛。拿的奖多了，自然而然，我就成了新闻部部长和学生会主席。研三那年，我还由于分管文艺部和舞蹈队，策划了一场名为“梦想之巅”的晚会及一场名为“盛世中国”的运动会开幕式。

这两场活动，耗费了我很多心血。在筹备过程中，我不止一次病倒。好多次，我都是一边发烧，一边站在主席台“喊话”，希望大家配合练习。某天，我又一次去操场“盯”节目的排练时，竟被一种毒虫“亲吻”了脸颊。起初，我一点儿也没在意那个红痘痘。渐渐地，它开始用奇痒无比的方式，引起了我的关注。后来，我去医院，在见到医生的那一刻，它直接就被扣上了“会毁我容貌”的罪名，医生的话就像一只强有力的手，瞬间将我推倒在地，我“哇”的一声哭了出来。

“我好担心还未见到周杰伦，自己就已经毁容。”

我对闺蜜哭诉了一番，又立马按照医嘱，吃药、换药和打针。一天，两天……好多天过去，我的脸才终于恢复了正常。拆掉纱布的那天，我一边看着《我不配》的MV，一边像女主一样，在床上高兴地蹦蹦跳跳。

真幸运，我又能以最美好的模样去见自己的“男神”。特别幸运，有一年，周杰伦也真的来到了我读大学的城市，举办了一场超级精彩的演唱会。我用奖学金买了一张门票，去赴了这场约会。尽管此时，我并未出书，没能把他写进故事，我也想近距离地见他一面，想听周杰伦在现场为我唱几首歌。

当然，只要他一开口，我就再次热泪盈眶。谁叫窗外芭蕉惹骤雨，门环惹铜绿，周杰伦路过那青春年岁，确确实实招惹了我呢？于我，他早就不再只是一名优秀的歌手，一名值得标榜的偶像。

周杰伦是我的家人啊！我生活里的点滴似乎都与他有关。我们虽处在不同的空间下，却好像一直通过音乐保持着联系。我和他从未感到疏远，反而是慢慢地靠近。

尤其是在我毕业后，开始作为兼职写手为各家媒体撰稿，开始以半个娱记的身份混迹娱乐圈，我觉得自己距离周杰伦真的是越来

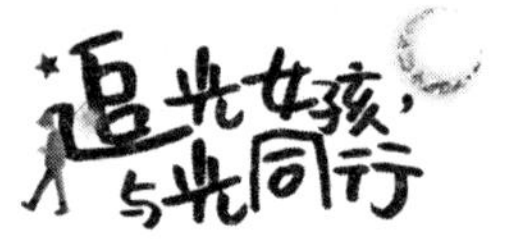

越近——每逢有杂志前来约稿，让我写一下自己的偶像，必然，我都会写到周杰伦；有时候朋友问我是否愿意去某档综艺节目帮忙，我的第一反应也是在问：“你们会邀请周杰伦参加吗？”

包括在写这本书的时候，我也是特意让编辑预留了版面。我说：“可否让我写一下自己与周杰伦的故事呢？这些年来，好多人都说当个娱记没前途。可我还是采访了很多名人，出了自己的书。既然我已经努力地变成了一个更好的自己，那我是否可以当众对偶像表白，对他说声‘谢谢’呢？”除此，我还联系了在娱乐圈工作的闺蜜，希望她能找个合适的机会，带我去面见周杰伦。我想把自己所写的书送给他，想把以上海为背景写的故事讲给他听，就像那年他“送”了一张专辑给年幼的我。

“荧光棒、仙女棒，管你还要什么棒，一起摇摆。我要夏天，别说再见。”漫长的寒冬终究会过去，夏天再来临时，兴许我们又能聚在一起。那时候，我一定会再摇动着荧光棒，跟着周杰伦大声地唱歌，或哭或笑。

哪怕时光已经夺走了周杰伦轻狂的表情，耷拉了他稚气的眼角，他还从少年的身份转换成为他人的丈夫和父亲。但无论多少年走过，提及他，一定会有人感叹：“喏，就是那个男人，他是2000年后亚洲流行乐坛最具革命性与指标性的创作歌手。他曲风多变，是音乐鬼才，也是当之无愧的天王。”

当然，不管我是否已经白发如雪、背已佝偻，周杰都会是我永久不变的喜欢，是我的心上人。

2015年1月18日，我喜欢的男孩宣布结婚。

我陷入了永远的失恋中，却还是会深深地单恋。因为我爱的那个人，他叫周杰伦。即使他不喜欢我，我都没有办法不去眷恋他。

偶像是“光”啊

“‘偶像’一词，在当下的时代环境里经过渲染，很容易被误读成一个贬义词。它总是和速成、脆弱联系在一起，但偶像的初始意义并非如此。它是充满能量的，会发光，经得起打磨。”这是第十届全国青联委员李宇春作为代表参与全国青联第十三届全国委员会的主题直播谈及偶像价值时说的一番话，她鼓励大家勇敢去追逐自己心中的爱与梦想，这是偶像应该带来的正能量和应该引领的正确价值。她说：“我不敢说我多有才华和天分，但我起码一直在寻求成为更好的人，传递更好的东西给粉丝，把我看到的更大的世界传递给大家，就很满足了。”

是啊！对粉丝而言，偶像是精神信仰。所以，偶像更应该以身作则做得更好。偶像带给粉丝精神力量，粉丝追随偶像的“正能量”，这样才能彼此靠近，一起闪光。

我是一只追随赵丽颖六年的中年“颖火虫”（指赵丽颖的粉丝）。从2015年看了她的电视剧《花千骨》开始喜欢她的，那时其实只是单纯地喜欢她所饰演的角色小骨，随后，我经常在电视上看到她，就慢慢对她有了更多的了解，再后来，我就不自觉地会去关注她这个人，关注她演的电视剧，关注有关她的所有消息。我知道了很多，比如她曾经跑了七年龙套，摸爬滚打十年才拥有如今“收视女王”的头衔，很厉害是不是？可我呢，我相貌平平，成绩中上，甚至在上了初中后成绩有了持续下降的趋势，我委屈，怕我没有脸面去见我的偶像丽颖，她那么努力才有如今这份风光，我……

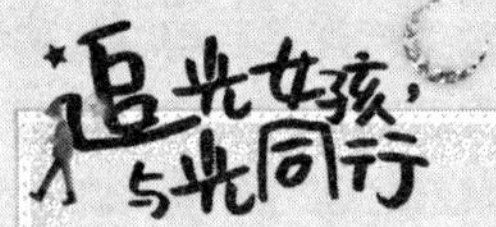

我不努力怎么配得上她呢？于是我上补习班，认真听课，业余时间还去上兴趣班，觉得累时就看一下丽颖的海报，就啥事都没了，冲劲满满。我这么努力，就是要与丽颖顶峰相见。等见面后，我要对她说："谢谢你，演员赵丽颖。"

——读者 奈奈生

我和我的爱豆没有什么特别的经历，一直以来，都是我在屏幕前看着他们，因为学习，没有追过线下活动，也没有去过演唱会，唯一能做的只有在微博上"打榜"和"做数据"。

其实，身为一个已经解散的团的团粉，有时候也很无助，他们一起熬过低谷，却在声名鹊起时分开。有很多团的姐妹因为团队解散而心灰意冷，但也有一些姐妹仍然执着地喜欢着曾经的那个团队。我们坚信团队会回来的。很多人说我们长情，的确如此。我只知道，他们手里的麦比我手里的笔要重，我幻想着九个升降台九个话筒。我一直以他们为榜样，初三正是决定人生命运重要的节点之一，很苦也很累，每每想要放弃时总是想到他们，想到他们这么成功了还一直努力，我差什么？想见你们，没关系，我再努努力，我会带着一身荣光去见我的男孩们。虽然我们是"两个世界"的人，但我知道，如果不努力去见你们，那就真的见不到了……

学习任务重，但也总是想趁着鲜有的空余时间看看你们的消息，知道谁今天官宣了代言，谁发了新歌，虽然不能支持太多，但每次都尽力而为。

今年是我喜欢你们的第三年，也是你们出道的第三年，很开心能陪你们走过这三年，未来还有很长时间，我们一起向前走吧！希望不久的将来，我也可以见到耳机里的男孩NINE PERCENT。

——读者 Unicorn

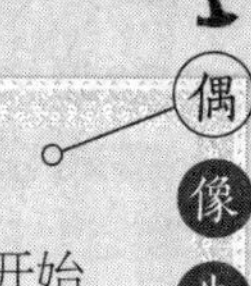

2018年在常看的综艺上遇见了他，可以说是一见钟情。我开始关注他，后来，他出道了。这一路，他走得很艰难，但我相信他会更好。看到有人诋毁他，我也会哭着反驳。全网黑他的那段日子真的很难熬，但我们挺过来了。他说“我喜欢可爱的、爱笑的、阳光的女孩”，其实，他只是希望我们不要去理会那些对他的中伤吧？只是希望我们都可以成为这样的女孩子吧？生活会有委屈，会遇见挫折，可看看他，突然觉得前方一片光明。所以，蔡徐坤，等我去见你吧！你继续你的热爱，我们一直在。“我们都要幸福啊”，听着你温暖的话语，我这个小镇姑娘也一直在努力学习！明年我一定会考进最好的高中，要努力进实验班！到时候，咱们演唱会见，我一定会以最好的一面与你相见。

——读者 Redamancy

第一次听说刘雨昕是在《青春有你2》中，我从初次评级中看到她选了最难的一首歌曲来表演，并且表演得非常棒的时候，我惊呆了，女孩怎么可以这么酷？怎么可以跳得这么好？Lisa导师对雨昕说，这就是她所等待的。而我想说，刘雨昕就是我一直等待的那个人，她帅气却不失温柔，跟她相处的人没有不说她好的，那时我就在想，这个女生我“追”定了。

在你参加节目的时候，我正好初三，本就沉重的功课，加上疫情，这样的双重打击，每天的我都面临着很大的压力，妈妈更是不允许我上完网课后与手机有任何接触，但我每天还是趁网课结束后那几分钟，用百度搜索刘雨昕微博超话，看着每条关于你的信息。我没有办法下载软件，只能通过这种方法关注你。

上网课的时候我的压力很大，总是和父母产生矛盾，每次蒙着被子失声痛哭的时候，我都产生了想要放弃学习的念想，也因为压力太大，脸上长了很多痘痘。但当我看到没有熄灭的手机上显示着关于你的文章，那个叫刘雨昕的女孩，用自己的实力排除万难，成功当选《青春有你2》主题曲的C位时，看到你第一次竞演，从第二十几名上升到第八名，顺利进入出道位时，我惊呆了，顾不上脸上的泪痕，一下下地滑动屏幕，目不转睛地看着那篇文章。是啊！刘雨昕即使曾经与出道位有那么大的距离，她都没有放弃努力，而且做得这么好，凭自己的努力和实力成功进入出道位，我为什么要自暴自弃啊？我突然从床上起来，捡起被我扔了一地的书，打开课本继续学习。刘雨昕，你这么棒，你的粉丝也不会差劲的。

——读者 祈醉npy

半山腰太挤，总是要去山顶看看的。

我喜欢你们很久了，一开始从一档综艺看到你们，我就开始搜集你们的资料，又渐渐喜欢你们，关注你们的微博动态。我从来没为明星这么疯狂过，买你们的海报，各种各样的周边，这对于我一个学习较好的学生来说算疯狂了。然后我每天晚上听着你们的歌入睡，早上闹铃是你们的歌，让我这一天浑身充满力量。

比你优秀的人都在努力，你为何不努力呢？每到考试，我一想到你们就信心满满。我想过努力学习，将来可以跟你们上一所大学。我承认，我自己也非常喜欢演员这个行业，想成为发光体。我甚至想过成为你们的助理，可又自嘲地笑了笑，人家怎么会要我呢？但我会拼命努力，你们就是我黯淡星空里闪耀的星，指引着我努力向你们靠近，努力地追随甚至超越你们。

我并不觉得追星是件糟糕透顶的事情，很多家长觉得追星是负面的，会影响学习和大好前程。所以我们要正确追星，不要过度疯狂。希望将来我们有能力了，用自己赚的钱买位置最好的票，去看

那场梦里一直出现的演唱会，与我的偶像见面。

“狂风暴雨也要陪你走更远，一起航向梦闪耀的彼岸。”是的，我喜欢的是时代少年团。马嘉祺、丁程鑫、宋亚轩、刘耀文、张真源、严浩翔、贺峻霖都是我喜欢的男孩，他们都很努力，都有励志的成长故事。在这里，我祝他们身体健康，越来越好。

到时候，家喻户晓的他们会在“山顶”朝我挥手。我的七个大男孩，我们顶峰相见吧！

——读者 尹曦柠

我喜欢的偶像很帅气，一开始喜欢上他只是因为他的笑容简直太甜了，忍不住沦陷了，后来在微博上关注了他，搜索关于他的一切，他是喜欢滑板和摩托车的少年，最重要的是我发现我们两个很相似，人狠话不多，能把对方说得一句话也说不出来，而且都是嘴上喊着“烦死了”还是要去做这件事情的人。他有认真拍戏，把喜欢的运动发展成职业，我觉得很棒，他这么优秀，我怎么能够比他差呢？所以我觉得很多不能够完成的，或者以前不能够理解的，现在都在努力逐一去尝试。“喜欢”这件事情也可以不说出来，只是我一人的秘密也是蛮好的，我并不想让他看到我，或者知道我，他有这么多人喜欢，我就看着他被簇拥就好了，因为他好，我也会更好，倘若他不好，我也会做我力所能及的事情。总之，我就站在角落里看你闪闪发光，也是我的独处方式。爱你，王一博。

——读者 徐筱橙（橙宝）

我喜欢的TFBOYS，也算现在内娱的“顶流”（顶级流量）了吧！我是2021届考生，在2020年年初开始写作，要是放到以前，我肯定摇摇头选择放弃，但当我从一开始对他们的喜欢到后面一定意义上的“追星”时，我决定把关于这三个男孩子的故事写下来，出乎意料，发出去后上百万的浏览量和从未有过的点赞数目，让我一时没有反应过来，但就在那一瞬间，我找到了属于我的自信。那之后，我在网上认识了越来越多喜欢他们的朋友。现在，我打算将去年夏天和今年元旦写的文章整理出版，给大家留一个纪念。我在这样一个圈子里找到了一种源源不断的自信和发自心底的喜爱。虽然我现在暂时没有写文，但我始终记得，他们是我的护盾之一，我还记得同学在宿舍跟我说，看到我每次眉飞色舞地跟她们讲关于TFBOYS的事情时，她们才知道，我对这个世界也有很多认识，我把他们当作目标，他们是我唯一的光，是黑夜擦干泪水的纸巾，亦是热泪盈眶的激动。

追星不代表失去理智，它在一定意义上改变了我的三观，让我认清了另一种现实，我也明白他们给我带来的不仅是偶像的意义，也许他们就是美好本身，而我心向美好。他们在舞台上闪闪发光，我的目标就是努力追上他们的步伐——今年，我要带着录取通知书去见他们，咱们说好了。

——读者 冉源啵啵

我和我“爱豆”（偶像）不在一个国家，我们中间隔着山和海，可是他们实实在在给了我许多精神力量，看着他们在推特上转发粉丝发的东西，和粉丝约定去她打工的地方吃饭，给要做手术的粉丝录加油视频，给要考试的粉丝助威打气……这让我真实感受到他们就在我身边，虽然我们相隔万里，却一直彼此关注着。

我印象最深的几句话是，他们说：“专辑不用买那么多，大家多去买一些自己想吃的，冬天到了，去买厚厚的羽绒服，大家可以在推特上发自己吃的东西，我们也很想知道我们的‘爱丽们’（粉丝）在干什么，有没有好好生活。”他们说：“累的时候抬头看天空三次吧！我有时候也会这么做呢！”还有很多很多这样的温柔话语，他们在台上闪闪发光，但也是普通人，他们让我知道，只要努力，谁都可以赢，我们其实同在一片天空下一起努力着。

今年初三了，我很多时候会写作业到很晚，可是想一想他们会不会这个时候在练习室练舞呢？这样一想，也就不那么累了。他们用自己的实力与刻苦向我们证明，只要努力就可以得到自己想要的，还告诉我“一下子就得到的东西，同样一下子会失去，所以要努力抓住所有，让我们所向往的不会眼睁睁消失”。

我们之间，没有什么很感人的故事，但他们一直在激励我向前走，他们曾经说过，我们变得优秀再去见他们，所以我一直想再努力一点点……

——读者 满地找头

夏天，是很容易让人心动的季节。还记得那年夏天，初见那群男孩时，我刚刚上中学。正处在青春萌动的时候，也许是刚刚接触“饭圈”（粉丝组成的圈子）的缘故，那时我只是单纯喜欢着我心中无可替代的男孩们。没有“饭圈”的嘈杂，只是偶尔看看舞台，偶尔为他们尖叫一下罢了。后来，当我渐渐长大，追星的情绪越来越高涨，我开始玩物丧志，成为我不想成为的所谓的极端“脑残粉”，每天只知道为他们打榜、花钱，这也许就是我所认为的能为他们做的事情了。

可就在不久后，他们某天说了一段话，猛然间触动了我的心，这不禁让我思考。“你的梦想和我一样珍贵”，是啊！除了追星，我们都应该有自己的生活和自己要追寻的梦想，这才是喜欢一个人的真正意义吧？为了他，我可以变得更好；为了他，我可以继续努力，在不知名的角落和他一起进步，做一个追逐星星的人，最后成为真正的“明星”闪耀大地，这才是我期待的最好的样子。从那以后，我不再像以往那样只知道沉迷追星了，而是在做好自己的工作，过好自己的生活后，偶尔放松一下自己，看看他们的综艺，他们出专辑了我就买一张支持一下，这才是我心中真正的理想生活。

谢谢那年夏天的初遇，我会为了见你们继续努力的，我想我现在能做的事情就是一直保持着初心，喜欢着你们。

你们对我而言，不只是擦肩而过的存在，想到我们生活在同一个世界，我就很知足了。我会成为一个很厉害的人，以后骄傲地与你们相见——“不觉得有什么事情做不到，与其说做不到，把所有事情做好才是对的”。

——读者 白桃酱

后 记

我不止一次在杂志上写到自己的高中生活，却并不是因为这段经历足够美好，足以令自己念念不忘。恰恰相反，对我来说，那段时间就像是连绵不断的阴雨期，灰暗，没有一丝阳光——偏科严重的我，不知道未来要走向哪儿，迷茫且焦灼；不明白为什么会和欣赏的那个男生渐行渐远，难过且困惑；不善于交际的我，不清楚那些女孩为何要盼着我“跌下神坛”，傻气且生气。

即使这么多年过去，我都不能原谅当时不够强大，还洋相百出的自己。我总是会一次一次地拨开回忆的迷雾，去寻找当年的那个女孩。很多时候，我觉得她就坐在我的身边。她在责怪我为什么没能坚持去学文科，还转去了美术班；她在质问我为什么不去变得更优秀，留住自己的那份骄傲；她还在狠狠地训斥我，问我为什么在那些女孩嘲讽我“没有自尊，没有出息”时，不去狠狠地反击。

我常常能见到她，通过“音乐”这台特殊的时光机。

很幸运，纵然时光飞逝，岁岁年年总会如期而至，但只要点开播放器、听到那些旋律，我们就都可以见到那个旧时光里的自己。

更庆幸的是，即使乘风破浪，坎坷总是突如其来，至少还有某些人愿为我们歌唱青春，给予我们无限的勇气，陪我们长大。

这样的一群人，我们称之为“偶像”。他们的存在，有着特殊的意义、特殊的力量。他们可能是很多男孩女孩的“初恋”，是我们长大后择偶的模板；他们可能是很多男孩女孩的“保护神”，在我们即将跌入险境时曾伸出援手；他们还可能是很多男孩女孩的

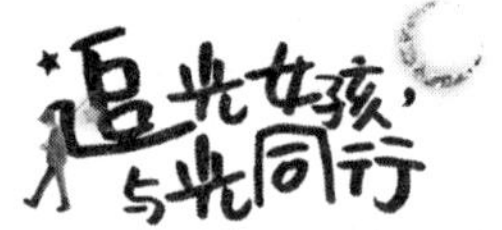

“励志榜样”，帮我们把梦想带到了身边。

我想，男孩们肯定曾因“黑曼巴”（指科比）的存在而想要碰触球筐，却也在他离开的那天，抱着球鞋狠狠地哭泣。女孩们也肯定曾因某个偶像的闪耀而拥有少女心，却也在他离开舞台的那天，感觉到了失恋般的心痛。

我们都是这么长大的，却也有着各自的不同的故事。

这本书里那些女孩的故事，是大多数平凡女孩的青春，也是你我的青春。

追星，其实是在追暗夜里的一束光，一份希望；追星，其实是在寻找更好的自我，成为更好的自己；追星，并不是大家口中的“无脑”行为，它可以有意义、有深度，也有情怀。追星，其实追的是理想中的自己。

我也有自己的偶像。读书时，他们一样影响着我，改变了我。特别是当我站在高中的阴霾里时，是他们的音乐和经历，一直在激励着我往前跑。

我还记得在自己最难过的那一年，周杰伦刚好发表了他人生中的第四张专辑《叶惠美》。在CD还很流行的年代，为了买到它，我不仅要节衣缩食省下零用钱，还要连夜去排好长时间的队。

很辛苦，却又觉得值得。

周杰伦的音乐是很好的“疗伤神器”，是我整个青春自带的背景音乐。《东风破》广为流传的时候，我和喜欢的男孩正处于暧昧阶段。他说最喜欢那句歌词“水向东流，时间怎么偷；花开就一次成熟，我却错过”，没想到一语成谶，最后，我们的结局就是“错过”。我们之间被误解的浪潮隔开，在那个积雪融化的日子里，周

杰伦又出了新的专辑，我听着《发如雪》黯然神伤；后来，我因为《给我一首歌的时间》这首歌而幻想过，哪怕再给我和他一首歌的时间呢？

年少时，还未开花就已凋零的感情，变成了我多年的遗憾。每次去看周杰伦的演唱会，我都会一边跟着他大合唱，一边使劲地抹眼泪。一方面，我是为自己遗落在身后的山川和海洋而难过；另一方面是因为——不管世事如何变迁，周杰伦始终以别样的方式陪在我的身边而感动。

是啊！不管他曾是那个瘦瘦的周杰伦，还是现如今胖胖的周杰伦，他都是我生命中不可或缺的那个人。

从第一次看到他头戴鸭舌帽、穿着宽松的卫衣，唱道“我想跟你骑单车，我想跟你打棒球”，到后来他鲜少出专辑，连一首单曲都要被粉丝“催”着制作，我从未离开过他。甚至，我一直在追随着他的脚步，努力成为更好的自己。

我不止一次告诉父母：总有一天，我会从低谷里爬出来，会闪闪发光地走向周杰伦身边，对他说声“好久不见”。

真好！现在，我已做到了。我出了属于自己的书，成为一位热爱文字的作者。终于，我可以在周杰伦的下一场演唱会时，走至他的身边大大方方地介绍自己，并说一句“好久不见，我是你的歌迷”。

我想，所有看到这本书的你们，一定能知道这是一种怎样的心情。它没有饱含爱而不得的心酸，没有带着抬头仰望他的疲惫，也没有因喜欢他而滋生的自卑感，反而，这是一种欣慰、一种愉悦和满足。我想，你们一定能懂我的这份情绪，正如我懂你们。

同样，我也很认可你们在当下所喜爱的TA。我很清楚地知道属于周杰伦、王力宏、S.H.E、孙燕姿、林俊杰等的时代已渐渐被新生代偶像取代，没有关系，前浪有光、后浪追光，是他们，亦是我们每个人都该去正视的事。

更何况，这并不是坏事，反而是幸事。至少，它代表了你们所“粉”的偶像，把前辈手里的交接棒稳稳地接了过来。

希望我们也能把各自在“饭圈”里所遇到的感动、惊喜和能量，一代又一代传递下去。

正是因为你们与偶像之间有那么多正能量的故事值得分享，才有那么多可以标榜的同步成长，这才有了这本书的存在。

女孩们，愿你们明白——这本书的作者不只是我，也是你们自己。是你们对偶像的那份诚挚与无私，铸就了专属于你们的青春纪事。是你们的勇敢“追光”的励志青春，汇成了专属于你们自己的少年诗意。

世济其美，不陨其名。

愿每一代偶像都能在荧光灯下，最大化地展现自己的光芒。愿每一代粉丝都能在追光的路上，尽可能地实现自己的价值。我们虽喜欢的人不同，却都在做着同样的事情，有着同样的梦想。

我们不过是想靠近他们一点，再靠近他们一点。那何不让自己先变成一束光，再迎着光走过去？那何不让自己与之同行呢？

我相信你们做得到，正如曾经的我也是这般向阳而生，野蛮成长。

谨以此书献给每一个正在为了偶像努力奔跑的你们，谨以此书向每一个恪守职责、争做时代榜样的偶像致敬！

琦　惠

2021年3月